「ア、アリスが、おいたして、ごめ、ごめんなしゃい……」
真っ赤っかの顔を背けながら、アリスがかみかみで言う。

アリス・
スタルジア

Contents

1話＊僕だけ残留 p7
2話＊エスという男 p34
3話＊善と悪 p60
4話＊帰ってきました！ p94
5話＊お見合いと闘技場 p145
6話＊コビトとコピー体 p197
7話＊偽オリヴィア p244
番外編＊悠久の時を超えて p278

Special training in the Secret Dungeon! 5

Illustration 竹花ノート
Design 小久江厚＋モンマ蚕（ムシカゴグラフィクス）
Edit 庄司智

1話　僕だけ残留

隣国ロゼット王国にあるホーネスト。

夏休みということで、兄上のいるそこに僕は仲間と一緒に訪れた。

でもそこは過去の英雄ガイエンによって呪われた町だったんだ。

魔物を呼び寄せる石をガイエンは街に設置していた。僕らはそれを無事破壊して、町を魔物から守り切った。

その甲斐《かい》あり、この国の王都に僕らは呼ばれることになった。

王様が僕らの働きを認めてくれたってわけだね。

ただ、さ、もう夏休みが終わっちゃうわけで。

こりゃ担任のエルナ先生にドヤされるかもなぁ。

そんな心配をしながら僕らは馬車に揺られる。

ちなみにエマ、ルナさん、ローラさん、レイラさんと一緒だから退屈はしていない。

馬車の中も華やかであり賑《にぎ》やかだ。

「スタルジア様、王都につきました」

御者の人が外から大きい声を出して教えてくれた。馬車が止まると僕らは中から降りる。

「うわー、やっぱり大きいんだなぁ」

「ねー！　あたし、なんか緊張してきちゃった」

「エマが緊張するなんて珍しいね」

「そんなことないでしょ！　むしろ、あたしは乙女のハートあるからね！　毎日のように緊張してるし」

相変わらず大きな胸を縦に揺らしながら抗議する。

さすがにそれは嘘《うそ》がすぎるかな。

さて、僕らは開放しっぱなしな巨大な門を通過する。すでに話は通っていたようで門兵も僕らに敬礼していた。

門の中に入ると、そこはもう多くの人がいて人混みに呑《の》まれそうになる。

「すごい活気ですねー」

「うむ、さすが王都。ホーネストよりもずっと人が多いのだな」

ローラさんとルナさんも興奮していて、近くのお店なんかを外から覗《のぞ》く。

町の入り口の近くには服の店が結構ある。

防具ってわけじゃなくて、女性用のオシャレなお店っぽいね。

「ノルさーん、私の服を一緒に選びませんかー？」

ローラさんが僕の腕を取って店の中に入ろうとする。

こっちの返事とかお構いなしな感じだね。そして開いたもう片方の腕はエマががっちりホールドしている。

「ちょっとー！　あたしだってノルに服選んでもらいたいし」

「着れる服ありますー？　服の胸の辺りが裂けちゃったりして～」

「ひどっ、自分なんて背中がら空きの変態じゃん！」

「変態じゃなくてセクシーですけど！」

この二人って定期的にケンカするけど、もしやこれでストレス発散してたりするんだろうか？

終わった後、二人とも妙にスッキリした顔してるんだよな。

とはいえ町でヒートアップも困るので僕が二人を連れて中に入ろうとする。その時だ、ルナさんが焦ったような声を出す。

「気をつけるのだ、人にぶつかる……！」

「へ？」

ドンと後ろから歩いてきたおばさんの肩とローラさんの背中がぶつかる。

僕が咄嗟《とっさ》にローラさんの体を引いたこともあり、軽く接触で済んだ。主婦っぽいおばさんが謝ってローラさんも同じく頭を軽く下げる。

やっぱり人が多いと、道で溜《た》まってるだけでこういうことが起きるんだな。

「みんな、あの人を追うわよ」

レイラさん？

厳しい表情を浮かべたかと思うと、彼女は全力で走り出す。

急にどうした……って主婦のおばさんも全力疾走してる？

なぜ追いかけっこが始まってるんだと思いつつ僕もそれを追った。レイラさんの身体能力は僕らの中でも一番と言っていいだろう。

その辺の主婦が逃げ切れるものじゃない――はずなのに、意外と足が速いな⁉

ただ、さすがにレイラさんはおばさんの腕を摑《つか》むことに成功した。

「財布を盗んだでしょ、出しなさい」

「何のこと⁉　私は何もしてない！」

「とぼけるつもりね。ちゃんと見ていたのよっ」

そう言うと、レイラさんは主婦の手提げバッグの中に手を入れた。その細く白い指が摑んだものはローラさんの財布だった。

「それ私のじゃないですかっ⁉」

「さっきぶつかった際、この人がスッたのよ」

「……」

証拠を出されては無言になるしかないのだろう。

なんて考えた瞬間、おばさんは服に隠していた短剣を二本出して回転させるように振った。

レイラさんはバックステップ、ローラさんはルナさんが体を引いて攻撃を受けないようにした。

「あたしが行くね」

エマもまた両手短剣術を得意とする。

おばさんに攻めかかって剣戟《けんげき》をかわす。

僕は周りの通行人を巻き込まないよう避難させる。

多分戦いはすぐに終わる……。

そんな予想は大ハズレで、そこそこ張り合ってしまう。

さすがにエマが押してはいるけど、普通の主婦ならば数秒ももたないはず。僕は【鑑定眼】を使って彼女の能力を確認した。

名前：ラネーサ・カカロ
年齢：44
種族：人間
レベル：48
職業：無職
スキル：両手短剣術C　石弾

普通に強いんだけど……。

無職らしいけど、スキルもあるし冒険者だって全然おかしくないのに。

「ちっきしょう、この巨乳女、なんでこんなに強いのさ！」

「巨乳女って呼ぶなー！」

キンとエマ渾身《こんしん》の一撃が決まっておばさんの短剣が一本吹き飛ぶ。

もう勝てないと判断したのか彼女は短剣片手に僕の方に向かってくる。なんとしても逃げるつもりらしい。邪魔だどけとばかりに腕を伸ばしたので僕はピンときた。

案の定、おばさんは【石弾】を放ってきた。

僕もまた対抗。ただしこちらはサイズを普通のものの倍にしておいた。当然こちらが勝つ。

「サイズがおかしいじゃないのさ⁉」

「なんて驚いてる内に失礼します」

僕はおばさんの手首を蹴って短剣を落とすと、懐《ふところ》に入って背負い投げをする。

短い悲鳴をあげても勘弁しない。倒れたおばさんにレイラさん直伝の関節技を決めた。

相手も最初は暴れていたけれどすぐに諦観の念に駆られたようで大人しくなる。

「強いな少年！」

「かっこよかったわよ！」

「すぐに衛兵が来るからな、もうちょっと待っててくれよ」

周囲の通行人たちが笑みを浮かべて拍手をしてきた。少々照れてしまうね。

さて、ローラさんの財布は取り返したわけだし、動機を尋ねた。

着ている服も貧しくないし、さっきの短剣は中々の物。そこまでお金に困っているようには思えない。

「……金が必要だっただけさ」

「それならあの短剣を売ったらいいじゃないですか」

「そんなことしたらエス様に………」

エス様という言葉が出てすぐ、彼女の様子が急変する。

口を大きく開いて激しく苦しみだしたのだ。

やば、僕の腕十字固めが効き過ぎた？　一応演技の可能性もあるので注意しつつ関節技を解いた。

でも今度は口から泡を出して、顔が紫色に。

「ノル、そこから離れて！」

エマが言うので僕はすぐに飛《と》び退《の》いた。

理由はすぐにわかった。

地面の一部、おばさんのふくらはぎがあった部分に紫色の水たまりが出来ていたのだ。

魔法？　毒系のものだとすれば彼女の苦しみ方も理解できる。

すぐにルナさんが介護に当たろうとしたけど、残念な結果に終わる。

おばさんは白目をむいて心臓を停止させた。

僕はすぐに周囲を確認する。建物の上に、不気味な仮面を被《かぶ》った人を発見した。

「多分、あいつだ」

そう叫ぶのと同時、彼は奥の建物の屋根に移動して、そのまま素早く逃げていった。

僕らが茫然《ぼうぜん》としていると衛兵がやっと到着する。

周囲の人たちが事情を説明してくれたので、僕に殺人の疑いがかかることはない。

「妙な仮面を被った男が、殺すために魔法を使ったんだと思います。……仲間なのかな」

僕の呟《つぶや》きには、ちゃんと答えが返ってきた。

衛兵が渋面を浮かべながら、彼が何者か教えてくれたのだ。

◇◆◇

盗みを働いたおばさんを殺した非道な仮面の人物は何者か？　衛兵は言う。

「あいつは国家転覆を狙っている悪の組織『逆襲の牙』のリーダーさ。エスと呼ばれ、一部の奴《やつ》らからは熱狂的な支持を得ている」

殺されたおばさんも恐らく逆襲の牙のメンバーで、仕事をミスったから殺されたのだろうと言う。スリ、窃盗、強盗、彼らは資金調達のためなら何でもするらしい。しかも国の治安が乱れれば乱れるほど喜ぶ。

「なぜ国家転覆を狙っているんです?」

「自分が王でないことが気にくわないんだろ。最近、特に動きが激しくて俺らも困っている」

「なんだか、面倒事多そうだね……」

耳元で呟くエマに僕は同意せざるを得ない。どうして僕らが行くところって問題ばかり起きるのだろう。

もしかして、僕が疫病神だったりして?

「もしや私は、疫病神なのだろうか……」

ルナさん、同じこと考えていた!

ともあれ、おばさんの死体は衛兵に任せて僕らは城へ向かうことになる。嫌な予感がするかも。

僕ってこういう勘だけは昔から当たるんだよね。

城下町を抜けて城に行く。

門番たちに名前を名乗ると、非常に丁重に中に案内された。

「ねえ、この絨毯《じゅうたん》いくらするのかな?」

「絶対高いだろうね。僕の財力じゃ無理かな。エマの家ならなんとかいけるかも」

「えーうちも無理だよ～」

たわいもない会話をしつつ、階段を上がっていく。

玉座の間は三階に存在していた。

う……階段を上がった途端、左右に兵士たちが並んで道を作っていて、急に緊張してきた。

貧乏貴族には辛《つら》いシチュエーションだよね、これ。

金でふんだんに装飾された玉座に鎮座するのは、体格がとんでもなく立派な王様……四重顎の人初めて見たかも！

年齢は四十くらいかな、隣の王妃は金髪の似合う美しい人で年齢も僕らと大差ないように思える。へえ、年齢差があるなぁ……。

僕らは王の前で、片膝をついて畏《かしこ》まった態度を見せる。

「余はジャイロという。さて、ホーネストを窮地から救ったという話、余の耳にも入っておるぞ。褒めてつかわす」

「過分なお言葉、恐れ入ります」

僕が代表として返事をする。

「ノル・スタルジアと言ったな。その実力と機転は抜きん出て、また仲間たちも腕利きだと聞いた。そこで一つ、余に力を貸してはくれまいか」

嫌な予感が的中だ！

多分逆襲の牙関連なんだろうな……と予想したらその通りだった。逆襲の牙を、特にエスを潰すのを手伝ってくれと頼まれた。

正直、帰りたいんですが……。

っていうか学校もあるし、そろそろ戻らないとまずい。ローラさんやルナさんだって仕事がある。みんな暇ではないのだ。

「とても言いにくいのですが……僕らはもう国に戻らなくてはならないんです」

「エスを殺せた際には爵位を与えよう！」

「いやそれでも……」

「ならばスタルジアよ、そなただけでも力を貸してくれ。……無理にとは言わぬがなぁ」

そう言って階段近くの兵士に目配せをする王様。

筋骨隆々な人たちが階段ふさぐんだけど、どういう了見なのかな？　まさか断ったら僕らを処刑するとかそんなわけないよね。

このジャイロ王……人相から態度から、あんまり賢王とかではなさそう。

「……わかりました。では僕だけ、この国に残ります」

「ノル⁉」

エマやみんなが心配する声を上げるけれど大丈夫と伝える。や、僕にもなにが大丈夫かわかんないけど、ここを切り抜けるためにはね……。

「そうかそうか、お互い幸せになれる道を選んでくれて嬉《うれ》しいぞ。スタルジアは若いのに優秀だ。帰る前に、そちらの金髪の子だけ残ってくれ。少し気になることがあってな」

エマだけ？　僕はなぜか尋ねたが、本人にだけ話さなきゃならないと言う。

疑問を覚えつつ、僕らだけ三階を後にする。

一階の入り口で僕らはエマを待つ。ローラさんが首を傾《かし》げる。

「エマさんだけに話って、なんだと思います？」

「エマの家は、別にここの王様とは関係ないはずだけど……」

「わたしが、それとなく聞いてみるわね」

レイラさんが、城の中で調度品の手入れをしているメイド数人に話しかける。

少しすると彼女は小走りで、いくらか焦ったような表情をして戻ってきた。

「あのジャイロ王って、金髪でスタイルの良《い》い女性に目がないんですって。妾《めかけ》が八人いて、全員が金髪みたいよ」

「僕、ちょっと行ってきます！」

僕は急いで階段を駆け上がっていく。

どう考えても妾交渉する気じゃないか、あの太った王様はっ。

三階に上がろうとすると、そこに兵士が何人も並んでいる。

僕がきても一向にどく気配がない。

そして奥からは王様がだいぶ興奮して怒鳴っているのが聞こえてくる。

「余を愚弄する気か⁉　いくらスタルジアの仲間とはいえ、余に対する態度を改めねば無事では済まなくなるぞ」

　エマが脅迫されている？

　僕は兵士にどいてくれと伝えたが、首を横に振って拒否された。

「話が終わるまで、何者も中に入れるなと申しつけられております。たとえスタルジア様でも、強引に入られるのならば……」

　威嚇するように剣を抜く兵士たち。事はなるべく穏便に済ませたい、余計ないざこざやしがらみは避けたい、そんな僕でもさすがにカチンときたよ。

【石弾】を30センチの大きさで兵士の足に向けて発射した。無論、道を塞いでいる数人に連続でだ。

「いだっ」「痛っ」「うっ」「つぅ⁉」

　兵士たちはしゃがんで足を押さえるようにしたので、跳躍して僕はそこを飛び越える。他の兵士たちが声を荒らげながら追ってくるけどお構いなしでエマの元へ。

「ノル、どうして来ちゃうかな⁉」

「妾になれって言われたんでしょ？　それを断ったら怒鳴られた。違う？」

「全然違わないよ！　見てたみたいに正確じゃん！」

　まあね、と僕は片笑みする。

　状況的には兵士たちに囲まれて超絶ピンチなんだけどさ。

思った通り、ジャイロ王は四重顎をぶよぶよさせながらぶちギレている。

ホーネストで仲良くなった領主のショウエン様やステイ将軍の名前出したら、切り抜けられるだろうか。

王様の方が地位が高いわけだし無理か。

「一緒に犯罪者になって逃げても……あたしはノルと一緒なら全然オッケーだよ」

「数時間後には指名手配犯か。そういう人生も、悪くないかもね」

「嘘ばっかり！　絶対嫌だと思ってるでしょ」

「正解っ」

僕は泣きそうになりながら叫ぶ。

そしてそれ以上にうるさいのが王様だ。

少ない語彙力で必死に僕らのことを口で責めてくる。命がけでホーネストを守ったのに、この扱いは酷《ひど》すぎないかな。

「ジャイロ王、僕の能力なら、ここから動かずに王様を病気にすることだってできますよ」

「は、はったりだろう。騙《だま》されんぞ！」

「じゃあかけますねー」

実際ＬＰは十分あるし、距離も射程内だからスキルを【付与】することは可能だ。【病弱】とかがいいかな？

いや、いきなり症状が表れるタイプのほうが脅しとして有効か。

エマが両手に短剣を握り、僕の護衛を務めてくれる。こいつマジだ、と悟ったらしい王様が懇願するように言う。

「待て、話し合おう！　そちらだって英雄から犯罪者落ちにはなりたくなかろう？」

「エマの主張を認めてくれて、僕らのここまでの行いを許してくれるなら考えます」

「さすがに無礼のすべてを許すことは……」

「僕らの国は隣です。貴方《あなた》は僕らの王様じゃないんですよ。理不尽を強いられるなら戦うだけです」

僕は勢いよく剣を抜く。

半分やけっぱちだが、相手が襲ってくるなら戦わなきゃならない。

【鑑定眼】によると兵士の強さはまちまちだ。弱いところから狙っていき、せめてエマだけでもここから逃げさせたいね。

「受けただけで病気にさせちゃう剣、使っちゃうの？」

病気にさせる剣ってなんだ？　……そうか、作り話だ。エマの咄嗟の閃《ひらめ》きに僕はすぐに乗る。

「仕方ないよ、これはやるかやられるかだし。この疫病剣、大活躍するだろうな～、ククク」

悪人っぽく笑いながら素振りして、それからチラリと兵士たちに視線を送ると、誰もが数歩後ずさる。

そりゃ誰だって酷い目にはあいたくないもんね。

兵士たちがビビったのを感じ取った王様は、歯を食いしばって悩んだ末に妥協する。

「……わかった、すべて不問としよう。だから剣を収めてくれ」

僕は兵士たちに離れるよう告げてから、剣を鞘《さや》に入れる。いつでも抜けるよう、念のため柄には手をかけておく。

うん、なんとかピンチを切り抜けたかも！

◇◆◇

ピリピリした空気が消えない中、僕は王様の話に耳を傾ける。正直イヤイヤだけどね。

ここで逆らうとエマや仲間まで危険に晒《さら》されるし、なにより弱小貴族育ちのこちらは、位が高い人には屈しそうになる呪いがかけられている。

恨みますよ、父上。

さて、王の要望はやはり単純。

度々町中で悪さを働いたり、城に攻撃をしかけてくる逆襲の牙を成敗してほしい。当然、それらのリーダーであるエスもだ。

カリスマ性、知略に長《た》けたエスが一番厄介なので、彼を暗殺してくれとジャイロ王は平然と言う。

「やつらは十歳にも満たぬ暗殺者を使っておる。こちらだって、やってやれぬことはないだろう」

無茶言いすぎだよね、この人。

自国の王様じゃなくて本当に良かった。

「そうは言いますけど、僕に大きなリスクがありますし。自国で処理できないほどの強敵を外部の僕にどうこうできるでしょうか」

「むぅ……」

さすがにイラッときたので毒は吐かせてもらう。

王様なので、この辺でストップしておくけれど。

暗殺は引き受けないけれど、捕獲の手伝いはするということで話はまとまった。組織の情報について、教えてもらってから僕らは城を出る。

エマは僕が王様に逆らったことが相当嬉しかったようで、ずっと腕組みしていた。

腕が胸にモロに当たっていてもお構いなしだ。

おかげで少しLP入った。ありがとう！

町の出口で、みんなと別れることにした。四人とも、僕の手伝いをすると申し出てくれたけど、受けない。

さすがに、みんなは国に戻らなきゃね。

「危なくなったら、絶対逃げてよ……。帰ってこなかったら、全力パンチくらわすから！」

ちょっと泣きそうになりながら言うエマが可愛《かわい》かった。

みんなを乗せた馬車を見送った後、僕は街中で情報集めをする。

だって、王様の情報があまり役立たないんだ。エスはそれだけ尻尾を掴ませないのが上手《うま》いってことだね。

逆襲の牙を知らない人はいなかった。

有名冒険者がエスに完敗したとか、精兵も歯が立たないとか、そんな怖い話ばかり出てくる。あの～、これから僕が闘うかもしれないんですよ……。

もっと優しい情報が欲しいです。

それはともかく、逆襲の牙に賛成派が意外にも多かった。

今、質問してみたおじさんもそうだ。

「確かに逆襲の牙は過激かもしれない。けどな、あいつらの目的は王の殺害と王族の滅亡だ。これについては……」

ここまで言って、口を閉ざす人が多い。公《おおやけ》には口に出来ないけど、王には死んでほしいってことかな。

個人的に気になったので、僕は王族の悪評を集めてみることにした。その結果……胸のあたりがムカムカするような事実を知る。

ここの王族や貴族は権力を乱用することが度々あるらしい。中でも酷いのは貴族闘会と呼ばれる貴族たちの戯れだ。

これは少し聞いただけで頭にくる。

お金に困った平民を自分の持ち駒として、ゲームをするのだとか。ゲームってのは貴族にとってだけで、平民から見れば命のかかった戦いになる。

……このまま帰ろうかな。

自然と足が門の方へ向いてしまう。

「……と思ったけど、エス捜し頑張ろう！　絶対捕まえてやるぞーっ」

なんで急にやる気出したかって？　簡単さ、どうやら僕を陰ながら監視している人がいたからだ。王の手下だね。いま、道具屋の看板前にいる。

エスという名前、または別名で活動する人はこの町にいるかい？　【大賢者】にそう問うた。

【南南東２５６ｍに一人、北北東４３９ｍに一人存在します】

珍しい名前なので二人まで絞られたのは嬉しい。

もう一度。

今度は二人の外見的特徴を尋ねた。

どちらも若い男性で、片方は茶色の長髪で痩せ型。首筋に大きめのほくろがある。残る一人は灰色の短髪で背が高い。右腕の肘あたりに切り傷があるらしい。

質問はここまで。スキルで頭痛に耐性はついているけど、完璧なものじゃない。調子乗って質問しまくると頭痛に泣くことになる。

エマがいてくれたらキスしてもらってだいぶ楽になるんだけどね。

僕はまず近い方から当たる。

足で距離を測りながら進むと公園についた。

「茶髪で痩せてて、首にほくろ」

ブッブツ言いながら歩く。すれ違う人に可哀想《かわいそう》な目を向けられた。僕はいたって正常ですよ！

心の中で主張していると、特徴に合う人を見つけた。

ベンチに横たわって葉巻を燻《くゆ》らす人がいる。僕はゆっくりと近づいていく。通る際、【鑑定眼】を発動させれば素性がわかる。隠蔽系のスキルがあったらダメだけど。……いまだ。

「おいこら、ガキ」

「……へ？　な、なんでしょう」

しまった！　能力を確認しようとした瞬間、目が合って声をかけられたのだ。彼の低くて突き刺すような声音に少々ビビる。

「お前、この辺のガキじゃねえな」

「はい。実は観光でついさっき着いたばかりで」

「そいつはおもしれえ」

彼は言うなり立ち上がって、僕の目を手で塞いだ。嘘でしょ、何もかもバレちゃってるのか？

僕は焦って腰の剣に手をかけた——

「早まるな。こっちはただ、他国の話を聞きたいだけなんだ」

彼の手が僕の目元から離れる。その指には小さな蚊が捕まえられていた。プチッとそれを潰し、彼は破顔する。

悪い人じゃないのだろうか？

首元にはほくろがあるため、僕は礼を述べつつ【鑑定眼】を使った。

名前：ジョース・トロビア
年齢：24
種族：人間
レベル：69
職業：探検家
スキル：剣術A　石弾　タックル強化

あら、お強い……。

レベルは僕の方がずっと上だけど、剣術がAなのは凄《すご》い。

職業の欄には探検家だけしかないし、この人はエスじゃないのかな。そもそもエスの活動って職業の欄に入るのだろうか？　名前も偽名だと、出ないだろうし。

「そろそろ探検に出ようと思っててさ、君の国の話が聞きたい」

「僕も話したいんですけど、少し用事がありまして」

「じゃあ、また会ったときにでも教えてくれ」

僕は頷いてから、もう一人のエス候補のところへ向かう。

勘だけど、雰囲気的には今の人は違う気がする。純粋に話が聞きたいだけっぽいし、警戒心がまるでない。

一応断定はしないでおいて、二番目の人を探す。

最初の場所から北北東に進むと広場に到着した。大道芸人が多く、手品や特殊なスキルを使って周りにいる人たちを楽しませていた。

近くには幅広な石の階段があり、そこに老若男女が座ってくつろいでいる。のんびりした空間で僕は好きだ。みんなところに観光で来られたならどんなに良かったことか。

さて、灰髪の男性はいるかな？

キョロキョロしていたら芸人に手まねきされた。白粉《おしろい》を顔中に塗っているが、鼻だけ紅色にしている。

彼はお手玉を何個も持っているんだけど、これを僕に全部渡してきた。さらに変な語調で話す。

「ぽっふう！　それを投げてね坊ちゃん」

「僕は坊ちゃんって身分でもないし、一応十六歳なんですけどね！」

「こんな強気な彼も、すぐに驚くことになーる！」

絶対驚かないぞ、と考えながらお手玉を一つずつ放り投げていく。彼はそれをキャッチしていく。ところが不思議なことに、ただの一つもお手玉を手にしていない。

お手玉が消えたってことだ。

周りの観客は手品に喜ぶ。僕は目を眇《すが》め、能力を確認させてもらった。

予想通り、【異空間保存C】がありましたっ。掌《てのひら》の前に空間を作り、見えないように収めていたのだろう。

その技術は大したものだ。けどドヤ顔で僕を見るのやめてくれないかな。彼がお手玉を出していくと観客がまた喜ぶ。

「僕も出来ますよ。投げてみてください」

「んん？　これは簡単じゃないよ」

「大丈夫です」

彼は訝《いぶか》しみながらも全部いっぺんに投げてきた。

普通一個ずつでしょ！

こりゃ無理かと一瞬諦めかけたが、どうにか収めることに成功。まあ、僕の場合は周りにバレバレだけれど。

面食らった様子の芸人に、僕は告げる。

「このスキルって結構珍しいらしいですよね。僕は、貴方のような使い方は考えたことないです。参考になります」

スキルが強くても、持ち主によって本領発揮できないこともある。持ち主の発想や扱い一つで、局面を打開することもあれば、凡庸な結果しか出せないことだってあるんだ。

おごり高ぶらないで精進していくのが重要ってことだ——とかやってる場合じゃないんだった⁉

灰髪の男性を急いで探す。

やがて意識は、別の芸人と男性に向けられる。

ケンカしているのだ。ちなみに男性は灰髪で、僕は目が離せなくなる。

罵り合いの内容からするに、太った芸人が火吹き芸をミスって、男性の服に火が飛んだようだ。

すぐに火は消したものの男性が文句をつけた。それに芸人が逆ギレした。うん、それは芸人が圧倒的に悪い。

悪いことしたら謝る。これは基本なのに大人になっても出来ない人っているよね。っていうか大人だから難しいのかも。

プライドやら立場やら。僕は将来、もし偉い立場になれてもそうならないようにしよう。

などとぼんやり眺めていたらガチの戦いが始まった。

「きゃあああ」

男性が剣を抜き、女性や子供が避難する。

二人が対峙《たいじ》する。先に技を放ったのは芸人の方だった。

酒を一口含み、大人を呑み込んでしまうレベルの火を噴いた。殺す気満々の技に僕は引いてしまう。

相手は剣士とはいえ、やり過ぎだ。

そして炎が引いた後、そこには誰もいなかった。え？

「え……？」

僕と芸人の驚きの声が重なる。次の瞬間、芸人の彼は顔を青ざめさせる。背中に剣を突きつけられているんだ。

いつの間にか、背後に回られていたのだ。

「死ぬかボコられるかの二択だ。選べ」

「どっちも嫌だと、言ったら？」

「天国で頑張れよ」

「ストップ！　一発なら殴っていいから殺さないでくれ」

そう訴えた芸人は、ボッコボコに殴られた。一発じゃ終わらない。僕は十二発目まで数えて、それ以降は目をつぶりました。腫れた顔が痛々しいんです。

剣士の気が済んだようなので、バレないように追おうとして……足を止めた。もう一人、人混みからスッと動き出した人がいる。

僕はその男性の頭を見て目を大きく開いてしまう。
灰髪なんだから、そりゃ硬直だってするさ。
ちょっと紛らわしい町ですね、ここは……。

2話　エスという男

ケンカの彼を尾行する灰髪の彼を僕はバレないように追う。どちらも灰色の髪と言えるので、どちらがエスでも対応できるようにしよう。

ケンカの彼は広場から商業区のごみごみしたところに移動する。酒場にでもいくのかと思いきや、横道の細路地に入っていく。

灰髪の彼も当然、中に入った。僕も道を曲がろうとするが、入ってすぐのところで二人が対面していたので急いで物陰に隠れる。

聞き耳を立てると少しだけ会話内容がわかる。灰髪の彼が何かに勧誘して、ケンカの彼が大声で断る。

どうやら尾行されていたのにも気づいていたようだ。

相当ご立腹なので争いは免れないいんじゃないかな。

僕は巻き込まれないよう逃げる準備をしておく。

ところが少し経《た》ってから、灰髪の彼が普通に出てきた。驚くのはケンカの彼が虚《うつ》ろな目ですぐ後ろについていること。

あんなに憤っていた人が、従者のごとく後ろをついていくだろうか？　僕は気配に注意しながら彼らにできるだけ近づく。

まずケンカの彼を鑑定する。

やはり強いけれど、特に気になるスキルはない。職業は雑貨店の店員らしい。問題は隣の彼の方だった。

名前：アイエース・ミカルダ
年齢：25
種族：人間
レベル：１０２
職業：肉屋　改革家
スキル：洗脳　自由奔放

彼がエスかどうか判断するとすれば職業だろう。改革家ってのは怪しさ満点だ。王を殺すってのは改革とも呼べなくはない。

実際、あの暴君が死んでくれたらより良くなりそうな気もする……。

能力に関しても優秀だ。

僕の方が高いけれど一般的には十分だ。

そもそもレベルが高い方が絶対勝つってわけじゃないしね。それなら僕だって隠しダンジョンで死んでいるはずだ。

怖いのはスキル。そう、彼の【洗脳】と【自由奔放】は響きからとても怖い。洗脳は予想がつくし、この能力をケンカの彼に使ったのだと推測できる。

後者を僕の【編集】を使って調べようとしたが……、急に彼が振り向いたので中断する。

背後に気配を感じたのか、道の端っこで立ち止まって周りを観察中だ。僕は胸をドキドキさせながら彼らの横を通り過ぎる。

幸い、人が多めの通りだったので声をかけられることはなかった。このまま僕は一般人のフリをして宿に戻る。

あまり多用はしたくないが【大賢者】を使用すれば居場所はいつでもわかる。ここでは素性をバレないようにするのが先決だ。

今晩泊まる宿を探して、中に入る。

エスたちが追ってくる様子はない。

安堵《あんど》のため息をつく。生きた心地がしなかったんだよな。

チキンの僕からすると、未知の相手って本当に怖かったりする。いくらスキルが増えても強くてもそこは変わらない。

「大丈夫？　ドラゴンでも見たような顔してるじゃない？」

気が抜けた僕の顔を屈《かが》んで覗《のぞ》いてくる少女がいる。橙色《だいだいいろ》の髪の毛が特徴的で、顔に少しそばかすがある人だ。

身長が僕より高く、スタイルが良《い》い。

「大丈夫です。今晩泊まりたいのですが」

「あ〜一部屋空いてるには空いてるけど、今夜は少しうるさいかもよ」

一階には食事などを取れるスペースがあるんだけど、ここで集会があるらしい。何の集会か尋ねてみた。

彼女の口から出た言葉にギョッとさせられたよ。

「逆襲の牙を潰す会よ。結構気が荒い人が多いから、ゆっくりは休めないかも」

「いえ、僕は全然構いません。むしろ興味あります。観光客として、危ない人は知っておきたいし」

集会に参加してみたいと伝えたのは、少しでもエスに関する有益な情報が欲しいからだ。

彼女の顔が一瞬曇ったので断られるかと思ったが、すぐに笑顔で迎え入れられた。

「私はネイナっていうのよ。よろしくね」

僕はよろしくの挨拶をしてから部屋に荷物を置く。少し休んでから夜食をいただいた。

家族経営らしいんだけど、かなり味が良くてビックリした。果物も新鮮だった。集会が始まるまで僕は今後の作戦を立てる。

まず【尾行】を３００ＬＰで取得する。文字通り尾行が気づかれにくくなる。直感で最適な距離がわかりやすくなるってわけだ。

もちろん完璧じゃないし、失敗するときもあるだろうから気をつけたい。

ＬＰは美味《おい》しいものを食べたり、魅力的な女性とエッチなことをしたり、物欲や達成感などでも貯《た》められる。

まあ、一番効率が良いのは綺麗《きれい》な女性とイチャイチャすることだ。減ったり増えたりを繰り返して、現在は約２０００ＬＰくらい残っている。

正直、足りない気がする。

最低でも五千から１００００は増やしておきたい。ただ、エマやみんながいないので協力者が必要という問題がある……。

集会までは時間がありそうなので、僕は夜の町に繰り出してみることに決めた。

昼とは変わって夜は色町の存在感がすごい。エッチなお店が集まっている場所に行くと、若いお姉さんに声をかけられる。

「あら可愛《かわい》い～。ウチで遊んでいかない？」

「どういう、お店ですか？」

「ダンスショーよ。特別に最前席にあたしが連れて行ってあげる」

間違いなくセクシー系だと思う。

ダンスなら一線越えるみたいなことはないだろうし、僕の貞操が守られる。乙女な気持ちで少々警戒しながらも僕は彼女についていく。

【鑑定眼】では特に警戒するスキルもなかった。

店内は結構広くテーブルがいくつかあるが、客のほとんどは壇上のダンサーたちに群がるように立ち見している。

光を放つ魔道具を天井から吊《つる》しているため、彼女たちのスケスケの服だってよく確認できた。肌の露出が多い扇情的な格好で、くねくね踊る人もいれば、足を何度も開脚させては閉じたりなどして挑発的に踊ったりする。

「おいで、坊や」

腕を引かれて、僕は最前列へ。なんて刺激的な光景なんだと呼吸が浅くなる。すると、彼女が突然踊り子たちに言う。

「この子、こういうところ初めてなんだって。サービスしてあげて。ゲストよ～」

「え？　え？」

戸惑う僕の手を踊り子たちが摑《つか》んで壇上に。焦ってキョロキョロしていると踊り子五、六人に囲まれて体のあちこちを触られた。

そしてこちらも同じようにあそこやらあそこなどに触れる。だって、お姉さんたちが僕の手を操るんだ！

観客は盛り上がってるのか嫉妬しているのか声が割れんばかりに叫んでいる。

ショーは十分ほど続いて、僕は汚れた子として観客席に戻った。ＬＰが５００入ったので良しとしよう。

「俺にも触らせろっ」

女性に触れた僕の手を触ってくるおじさんたちが怖いです。

ちなみにダンスが一区切りすると彼女たちは壇上の端で休憩する。

なぜ奥に下がらないか？

待っているらしい。

高額で買われるのを。客たちが僕を案内してくれたお姉さんに群がって、連れ出しの値段交渉をしている。

「そっちの坊やなら相場の百分の一でいいのよー」

一人の踊り子がそう声をあげる。僕のことをかなり気に入ってくれた人だ。それほぼタダだけどね。案内のお姉さんにどうするか訊《き》かれる。

「ああ言ってるけど、買う？　安く休める場所も教えてあげるわよ」

「いえ、僕はそういうことはしないので」

「あら」

「初めては、ちゃんと決まってます！　それじゃ！」

僕はきっぱり言い切ると颯爽《さっそう》とお店を出ていく。

少しして、頭を抱えて死にたくなった。

あの場では誘惑に流されない男アピールでかっこつけたけど、普通硬派な男ってあんなところいかないからだ。

綺麗な踊り子に触られてデレデレして言うセリフじゃないんですけどーっ。

もうすっかり夜半で町の雰囲気も少々怖いため、僕は小走りで宿に向かう。

入り口近くまでくると、屈強な男が次々に中に入っていくところだった。

彼らが集会に参加する人たちだろう。

店内ではネイナさんが腰に手を当てて立っている。その立ち姿が結構威圧的だ。ここにきた時とは少し雰囲気が違う。

彼女は入り口のドアを閉め、鍵をかける。

それだけ重要な話し合いだと推測できる。

他人に聞かれたくないような………あれ、待てよ。

「みんな揃《そろ》ったし、ノルくんもきたわね」

「ネイナ、見ない顔だが、そいつは?」

集まった中の一人が鋭い眼光を僕に向けてくる。敵意たっぷりで少々怖い。なんたって三十人はいるし、鑑定していくとみんな結構強いからだ。

ネイナさんは顔を少し傾けながら僕に質問してくる。

「ここには逆襲の牙やエスに困らされている人が多いの。だから情報交換会を定期的に行うのよ。そんな場所に君がきた」

そうなんだ。ここにエスのスパイがこないとも限らない。

それにしては、やけに簡単に僕を受け入れてくれた。違う、これから確かめるのだろう。信頼に足るかどうか。

証拠に、一番ガタイが良い人がぬっと僕の前に出てきて頭をわしづかみにする。

「まだスパイと決まったわけじゃないのよ。乱暴なことはやめて」

「んじゃ、どうすると?」

「簡単よ。ポポロッチに尋問させればいいの」

ネイナさんが言うと、今度は小柄でシルクハットを被《かぶ》った痩せ型の男性がやってくる。

彼は椅子を二脚置き、片方に座れと指示してきた。

こんなの従うしかないよね。

座るついでに鑑定させてもらう。

名前：ポポロッチ・チロッチ
年齢：38
種族：人間

レベル：12
職業：語り部《べ》　話術士
スキル：真偽聴

初めて見るスキルだけれど、この状況と合わせて考えると容易に予測がつく。嘘《うそ》をついたらおそらく見破られるのだろう。

「君はエスと関わりがあるかね？」

「直接的な関わり合いはありません。ただ、先ほど見かけました」

鑑定できる眼があること。

また、先ほどの出来事を正直に話す。

嘘をつけないってのもあるが、エスの敵ならば僕にとって味方になるかもしれない。

彼らは驚いて色んなことを僕に訊いてきた。

エスの素顔を見たことがあるのは僕だけのようだ。まだ若い青年であることや、特殊なスキルを持っていることなどを教える。

【自由奔放】なんてのは、やはり誰も聞いたことがないようだ。

よっぽど珍しいのだろう。エスが強い理由はそこにあるかもしれないな。

有益な情報を伝えたことによって、彼らは僕を歓迎してくれる。

彼らはみんなエスや逆襲の牙を恨んでいて、その理由は様々だ。

単純に大金を盗まれた人もいれば、エスの起こした事件に巻き込まれて傷を負った人など。

「私たちは『正義の盾』というの。そしてリーダーは私なの。黙っててごめんねノルくん」

まだ若いのにすごいな。

みんなに信頼されているのだろう。

「気をつけろよノル。そいつは怒ると鬼人のごとく恐ろしい」

「っていうか鬼だしな」

「まだ十八歳なのに精神は三十超えてるしな」

「……貴方《あなた》たち、あとで残りなさいね」

軽口を叩《たた》いたおじさんたちが真顔になるあたり、怒らせないのが吉ってことだね。

彼らは結構優秀な人が集まっていて、逆襲の牙に関する情報は相当なものだ。王様の手下より全然豊富な情報が入った。

例えば逆襲の牙には悪人や指名手配者が多く、誰もがエスに心酔しているなど。彼らの仲間を追い詰めて拷問した際も舌をかみ切って死んだとのこと。

「エスに特殊能力があるとは思っていたの。でもノルくんの話でハッキリしたわ。洗脳に対抗するには、なんの耐性や道具が有効なのかしら？」

正義の盾の中にスキルに詳しい人がいて、【洗脳】とその効果について語る。発動されると、相手の話を聞いているうちに相手に心酔してしまうのだとか。

目を合わせたり触れあったりすると、より早く陥落する。持ち主より高レベルであれば効かないことも多いが、性格や状況によってはその限りじゃない。

つまり意思が弱くて流されやすい人はまずいね。

僕とかヤバいじゃないか！

幸い、対抗するスキルはある。

高ランクの【状態異常耐性】か【精神異常耐性】が有効。後者の方はCがあるだけでも洗脳されにくくなる。

そこで早速【精神異常耐性C】を取得しておく。400LPなので大して痛くない。

僕はエスよりレベルがだいぶ高いので、なくても平気かもしれないが念のため。

ちなみに、知識豊富なポポロッチさんでも【自由奔放】については見当もつかないらしい。

次に会ったら、僕が調べるしかないな。

さて、僕はみんなの能力をこっそり覗かせてもらう。

ずば抜けて強い人はいないけど、みんな結構優秀だ。

少し驚くのは、リーダーが最弱ってことかな。

名前：ネイナ・エイブル

年齢：18
種族：人間・鬼人
レベル：8
職業：宿従業員
スキル：鬼人化

職業欄は宿勤務だけか。
金品などの利益を得ているわけじゃないから載らないのかな。
もっと気になるのは種族。人間でもあり鬼人でもある？
スキルによって鬼人になれるってことか。
改変する気はないが【編集】で確認してみた。
うん……内容は字面通りだ。鬼人になることで戦闘能力を大幅にアップできると。
さっき、仲間が彼女は鬼だと言っていたけど、冗談ってわけじゃないんだ。
鬼人は戦闘能力が高く、子供でも人間の冒険者に勝つことすらあると学校で学んだ。
ネイナさん、変身するとイカつくなっちゃうんだろうか。怒らせないようにしたい。
彼女たちとは上手《うま》くやりたいね。

◇
◆
◇

エスと闘うにあたって、LPを増やしておく。

日中は美味しいゲテモノ料理店を探す。

夜はちょっとエッチなお店に出入りする。

金銭的余裕はあるので、この二つを実行していこう。まあ、後者はどうなのかなって思うが、LPを効率よく貯めるには仕方ない。

あと昼は、エスの日頃の生活も探ってみたい。もちろん怪しまれない範囲で。

そこで僕は、まず【大賢者】にエスの現在地を教えてもらった。これも多用はしたくない。エマがいれば別なんだけど。

エスは貴族区と商業区の境目らへんにある小さな肉屋を営んでいた。僕は物陰に隠れ、観察する。彼はエプロンをして、愛想良く客に接している。

昨日とは別人みたいだ。

目つきが全然違う。昼前ってこともあってか、店も繁盛している。

「どけお前ら！」

列に、割り込んできた人たちがいる。

三人の兵士だ。あの装備、城にいた兵士と同じ装備だな。

不満げな顔をする人たちが気にくわないらしく、彼らは暴言を吐く。

「んだぁ、そのツラは？　買い出しにきた兵士に対する態度じゃねえだろ。誰がこの町を守ってると思ってんだ？　答えてみろ非力なカスども！」

うわぁ……。

どうやったらあんなに不遜になれるのだろう。嫌な貴族に通じるものがあるよ。

住民は慣れているっぽくて、渋々順番を譲っていた。

「おうミカルダ。今日もいつもの頼むぜ」

「……はい」

エスは容《い》れ物《もの》に大量の肉を詰めて、兵士たちに渡す。相当な金額になると思われたが、兵士たちが渡した金貨は少ない。

「これでは、半分にしかなりません」

「じゃあ半額にしてくれ」

「そんな……それでは店がやっていけません！」

当然の抗議をしたエスに対して、兵士たちは信じられない行動に出た。彼を店から引きずり出して、三人でボコボコに殴るのだ。

人が集まってくるが誰も助けには入らない。僕も近よって傍観する。

能力的にはエスの方が強いけど、抵抗しない。

エスとバレないために弱者を演じているからだろう。

「いくら何でも酷《ひど》すぎる」

「やつらは、いつもああなんじゃよ」

僕の呟《つぶや》きに、近くにいたおじいさんが反応した。

「君は雰囲気が少し違うね。旅人かい？」

「はい。彼らはいつもああなんですか？」

「彼らもそうだが、王と貴族が酷くてのう。王に仕える兵士も選民意識が強い」

詳しく話を聞くと、想像以上に権力主義の町だとわかった。今の王になってからは特に税が重く、住民は苦労しているらしい。

一応功績をあげた僕に対しても、あの態度だったからね。

ただの住民相手には、さぞ気随に振る舞うのだろう。

歴代でも最低の愚王だと町のあちこちで噂《うわさ》されているのも納得だ。

「ミカルダは本当に可哀想《かわいそう》な青年なんじゃ。妹も貴族の戯れに巻き込まれて亡くしておる」

「貴族の戯れとは？」

「すまぬが、ここまでじゃのう。あまり深入りせぬことじゃ。それが観光を楽しむコツじゃよ」

兵士の暴行が終わると、おじいさんも立ち去ってしまった。何人かはダメージを受けたエスを介抱している。

僕も一瞬、慈悲心が芽生えたけれど、敵であることを思い出して場を去ることに。

近くの酒場に行って情報収集を行う。

昼食もとれるらしく、店内は賑《にぎ》わっている。

冒険者っぽい中年男性を中心に声をかけていく。

「町の事情に詳しい情報屋、知りませんか？」

訝《いぶか》しがって相手にしてくれない人もいたが、疑問を投げてくる人もいる。

「知ってはいるが、なぜだ？」

「知りたいことがありまして。これで教えてもらえません？」

安い酒なら二、三杯呑《の》める硬貨を出すと、彼は快く教えてくれた。顎先が示したのは酒場の店主なので、少し驚いた。

「あの人は事情通だぜ。元諜報《ちょうほう》部隊にいて、そこを辞めて酒場やってんのよ」

「ありがとうございます」

すぐに向かいたいところだが、今は店が混んでいるので遠慮する。店が忙しいときに仕事と関係ない質問されたら頭にくるもんな。

一時間ほど待ったかな。

昼食を終えた人たちが出ていくと酒場にも空席が目立つようになった。そのタイミングで僕は店主に話しかけた。

五十歳前後でオールバックと髭《ひげ》が渋い男性だ。

「知りたいことがあるんです。ミカルダさんの妹のことです」

対価を払う準備はできていると伝えると、店主はすんなりと要望に応じてくれた。

ミカルダ……エスの妹が亡くなる原因となった貴族の戯れとは何か？　僕が質問したのはそれだ。

店主は僕を店の裏に案内した。

店内では話せない内容なのだろう。ゴミ置き場近くで彼は葉巻に火をつける。それ、ちょっと危険ですけどね。火事はこわいですよ～。

前払いを要求されたので従う。

額は宿に一泊できるくらいの金額。ギリギリ良心的と言えるかな。

「貴族闘会ってのがあってな。王族や貴族が自分のペットを使ってバトルさせる。勝者には景品やら何やら出る。勘のいいのはここで気づくが、ペットってのは……」

人間のようだ。具体的には平民で、戦闘訓練を受けていない人。

傭兵《ようへい》や冒険者なんてのは論外で、健康な成人男性もペットには値しない。

基本は女性か老人か子供。

例外として重病を患った成人男性は認められるのだとか。

そんな平民たちを手駒にして無理やり闘わせ……いや、殺し合わせる。そんな邪悪さを詰め込んだ夜会が年に二回行われているとのこと。

「怒りを通り越して呆《あき》れますね」

「若いねボウズ。俺も昔はそうだったが、汚い世界を見すぎて、今じゃ心が動かねぇよ。諦観ってやつが人生には一番大切なんだ」

僕は黙したけど、彼の意見に賛同したわけじゃない。そんな生き方お断りだ。自分の大切な人がペットに選ばれても指をくわえて見ているなんて死んだ方がマシだよ。

そして、エスの妹はペットにされたと容易に想像がつく。

「ミカルダさんは妹を助けにいかなかったのですか?」

「どうしようもないんだ。ある日突然、誘拐される。やっているのは兵士だ」

店主は元同僚のそういった行為に嫌気がさして、兵士を退職したと話してくれた。

貴族闘会の勝者は一人。生き残った一人は運が良くて国外追放。運が悪いと奴隷落ちになったりする。

負けた人たちは当然死んでしまう。

遺体は大抵の場合、町の外に捨てられるようだ。

貴族闘会の存在自体、隠されたものなのだ。まぁ管理がずさんだから、一部の人には漏れているってことだろうけど。

辛《つら》い、なぁ。僕は動揺を隠せないまま、店主に尋ねる。

「正義はどこに、あると思いますか……」

「正義は一つとは限らない。だから闘うんだろう、生物は。ボウズ、興味本位なんだろうがあまり深入りするなよ。これで好奇心は満たしておきな」

やっぱり歳《とし》と経験を重ねた人の言葉は重い。それに、店主は悪い人じゃないのも伝わってくる。

だからこそ兵士を続けられなかったのかもしれない。

僕は、暗澹《あんたん》たる気分になった。

気を滅入《めい》らせてばかりもいられないので、店主に追加料を払って珍しい料理の店を教えてもらう。

珍料理店は二つあり、まず一つ目に出向く。

僕は魚料理を頼んだ。するとニシンを塩漬けにして発酵させたものがきた。

「くっさ⁉」

思わず口に出るほど強烈な臭気。

そりゃウエイターも皿を置いて逃げるように離れるわけだ。

ちなみに、周りの客も逃げ出しました！

「これは、本当に食べられるものなんですか⁉」

僕の問いに、遠くにいるウエイターが腕で丸を作って答える。

「下半身から出ていくものの臭いがしますけど！」

ウエイターは腕で丸を作るだけだ。

思考がやられちゃったのかと心配になる。

小さめの切り身を恐る恐る口に運ぶ。魚の神様がこんなこと許すのかな。きっと許さないはず。

「腐ってるぅううう！」

僕は口から切り身を噴きだした。その勢いは凄《すさ》まじく、遠くにいたウエイターの顔に直撃した。

ウエイターは悲鳴もなく倒れた。

申し訳ございませんでした。


――白目を剥《む》きかけながら店を出た。迷惑料として余分にお金を取られた上、ＬＰも入らないという最悪の展開だった。

泣きたい気持ちを堪《こら》えて、僕は二軒目に足を向ける。

次は大衆食堂だ。珍料理だけをウリにしているわけじゃなく、普通のメニューの中に何品か混じっている感じ。

トカゲの串焼きと蜘蛛《くも》のカリカリ揚げとやらを頼んでみた。

待っている間がいつもドキドキするんだよな。

「お待たせしました」

そのまま焼きました！　揚げました！　っていう荒っぽい料理だ。でも臭いがない。それだけで僕は挑戦できる。

トカゲの方は結構骨が邪魔になる。蜘蛛の方はシャクシャクお菓子感覚でいける。特に脚の部分が脆《もろ》くて、食べやすい。

味は、蜘蛛は甘みがあって美味しい。

揚げる前に砂糖水につけていたらしい。

トカゲの方は、めちゃくちゃ美味しいっ。骨は確かに邪魔なんだけど、香味も素晴らしいし、肉も適度にひき締まっている。

僕の好みに合っていておかわりを頼んだくらいだ。

料金も高くないってのが嬉《うれ》しい。

「ＬＰは８００か。ここはきて良かった」

一軒目のお店のおかげで、味がより引き立ったのかもしれない。サンキュー、ニシン。二度と食べないけど。

◇　◆　◇

昼と夜では、町の雰囲気が変わることが多い。

この城下町はそれが顕著だ。

元気な子供たちの姿は消えて、肩の出た服を着たお姉さんが多くなったり、体に傷がある屈強そうな人が増える。

僕は色通りなんて呼ばれるエッチなお店が並ぶところを歩く。月に監視されている気分で。

遊女や娼婦《しょうふ》に何度も誘われた。僕の顔はこの町では結構ウケが良いようで、必ずかわいいと言われた。

かわいいは、少し男のプライドが傷つく気もする。

本格的なものは望まないので、お断りして、ある程度健全なお店を探す。

ぴったりなところがあった。

『ハーレムタイム～性欲を満たすのではなく心を満たすお店～』

店名からして性欲と煩悩に捕らわれている気がしてならないんですが。僕だけでしょうか？　でも本番なしとも明記されているし、ここに決めよう。

鼓動を早めながら店のドアを開ける。

「らっしゃいませー！　らっしゃいませー！」

二回挨拶してきたお兄さんが、店内に案内してくれる。童顔なので追い返されることも考えたけど、全然気にしていないようだ。

広めの店内にはテーブルとソファーが幾つも用意され、それぞれの席に客がいる。薄暗いので普通は顔まではわからない。

僕は【夜目】があるので、結構見えてしまう。意外と若い人が多い。僕と同じで気の弱そうな雰囲気だ。

「しばしお待ちください。それとお名前をお伺いしても？」

名前は便宜的な偽名でも良いとのこと。

迷ったけど、僕はノルと伝えた。

なぜ名前が必要なんだろう？

そんな疑問は数分後に解消された。露出の多いセクシーな格好をしたお姉さんが隣に座ってきたのだ。僕の名前を呼びながら。

「お待たせノル〜。今日は会えて嬉しい〜」

僕が返事をしようとすると、今度は反対側から別の女性がやってくる。

「ちょっとー、あたしのノルに触らないでよ」

「まだ触ってないしー」

なんて会話しながら、二人とも僕の胸やら腕やらを触ってくる。そうしていると三人目、四人目の女性もやってきて、僕に跨《また》がったりする。

さ、さすがにいきすぎな気も……。

僕の動揺なんてお構いなしに、四人であちこち触ったり、僕の手を取って自分の自信ある部分に押しつけたりする。

「ノルのこと、超タイプなの。営業とかじゃなくて」

薄暗いとはいえ、近寄れば顔はさすがにわかる。顔に胸とか押しつけてくるので、嘘ではないのかも。

他の客を見たけど、こんなサービスされている人はいない。

せいぜい、手を握られている程度。僕だけだ。

こんなにおっぱいに挟まれている少年は。

「あっちの経験あるの？」

「あ、ありません……」

「お姉さんがー、卒業させて、あげよっか？」

甘い吐息を耳に吹きかけながらのセリフだ。ゾクゾクと何か体に走るものがある。僕は頭を振って、答えた。

「はっ、初めてはっ、好きな人とするって決めてるんです！」

「かわいいーっ」

より一層、お姉さん方が盛り上がった。

モテてるっていうより、遊ばれてる感もあるよね。

あとお誘いしてくれた人、【抜き天国】とかいうスキル持っていて非常に怖いです。

ただ、ここに来たのは大正解だったと言える。

ＬＰがどんどん貯まっていくのだ。

ＬＰは同じ行為を同じ人としていても連続では入らない。ハグをして得られるのは、せいぜい一日一回ほど。

でも違う人とハグをしたり、同じ人でも違う行為をすれば話は別だ。ここは四人いて、あの手この手でハーレムを体験させてくれる。

熱心に通えば、１０００ＬＰくらいは貯まるだろう。エスとの闘いのためにも必要なはずだ。

……なんて正当化してみる。

エマやローラさんに見られたら……冷ややかな視線を投げられるんだろうなぁ……。

3話　善と悪

ＬＰ貯《た》めの生活を約二週間続けた。

おかげで城下町での生活も結構慣れてきた。この間、ちゃんとエスの監視も続けていた。

彼は日頃、地味な生活をしている。

王族や貴族に危害を加えるわけでもなく、兵士を始末したりもしない。

肉屋の仕事に精を出して、近所とも適度に付き合いをする。

全然悪い人には見えないなぁ。

エスとして動くのは、優秀な能力を持つ人を見つけた時だ。もちろん【洗脳】を使って仲間にする。ただ、相手をだいぶ選別しているように思えた。

強いだけじゃない。それ以外の何か。性格だろうか？

【洗脳】は定期的に会わないと効果が切れるからか、週末には建物を借りて集会を開く。

あのケンカのお兄さんも入っていったから間違いない。

さすがに、潜入捜査は怖くてできなかった。

「そろそろ、仕掛けてみよう」

部屋の天井を見つめながら、僕は決意する。

ＬＰはすでに１１０００。

頑張って貯めました。

エスは週に二、三度、一人で夜の酒場に行く。単に酒が飲みたいだけっぽい。

ここを狙いたいね。懸念すべきはスキルだ。【自由奔放】の内容が確認できるほど、彼に近づけていない。顔を覚えられるのは嫌だから。

でも、これだけＬＰがあれば対処できるんじゃないかと思う。

「ノルくん、起きなー。朝食の準備ができたよー」

ネイナさんが起こしにきてくれた。

「いつも助かります～」

「特別に大盛りにしておいたからね。成長期だし、エスをいずれ一緒に討つんだから！」

彼女は僕を同志と認識している。エスを討ちたい人はそうなるみたい。でも僕は、少し距離を置いている。

僕と彼女たちは違う気がするんだ。早く国に帰りたい、エマやみんなに会いたい――それが僕の動機。

でも彼女たちは復讐《ふくしゅう》心が百パーセントだ。

少し、影響されそうで怖い。そして、エスもまた復讐で動いているはず。

もし妹を、アリスを誰かに殺されたら、僕だってそいつを許すことなどできない。

「何かあいつの情報を摑《つか》んだ？　居場所とかわからない？」

「今捜索中です」

「そっか、頑張ろうね。あと、城から遣いの人が来ているよ」

「了解です」

笑顔のネイナさんと目を合わせず、一階に下りる。

彼女たちにエスの居場所は伝えていない。

僕は極力生け捕りにしたいが、彼女たちは殺したいからだ。彼女も含めたメンバーは、エスを捕まえても国に引き渡すことはないだろう。

自分たちの手で息の根を止める。絶対に。

だから僕は単独で行動しようと思う。

遣いの兵士数人がいたので、宿の裏庭に出る。

「進捗はどのような感じだろうか？」

「今夜か明日か、エスが酒場で吞《の》んだら仕掛けようと思います」

「酔っ払ったところを狙うのか。悪くない。兵の助力は必要か？」

僕は返答に迷う。手は貸してほしい気もするが、エスに洗脳されて敵になる可能性もある。

「まずは一人でやってみます。ただ、拘束具などをもらえると助かります」

「わかった、昼までには届けよう。それからエスの場所だが」

「シッ」

僕は兵士の会話を遮る。

裏庭のドアの向こうに人の気配を感じたからだ。走ってドアを開けると、驚いた顔をしたネイナさんがいた。

盗み聞きしていたらしい。エスの情報を知りたいって気持ちはわかるけどね。

「ご、ごめんね。食事ほったらかしだったから冷めると思ったの」

話はどこまで聞かれたかな。ドアは結構厚いから大丈夫だとは思うけど。

兵士にアイコンタクトして、僕は朝食の続きをとることにした。昼まで体を休め、再度やってきた兵士から縄を受け取る。

特殊な素材でできており、剛力の持ち主でも縛られたら逃げられないとのこと。

異空間にこれをしまって、エスの様子を確認しにいく。

「いらっしゃい。いつも、ありがとねおじちゃん」

肉屋としての彼は、本当に好青年だ。客にも好かれている。特に妙な動きもないようなので一度宿に戻って仮眠をとった。

夜になり、また監視と尾行の続きだ。夜の八時に店を閉めると、エスは酒場に足を運んだ。

「うん、今日か。やっぱり今日かぁ」

今夜には勝敗が決する。

そう考えると緊張してきた……。

二時間後、エスが出てきた。足取りは普通だ。あんまり呑んではないのかな？　エスは来た道を戻る。その途中には路地がある。

入ったところで僕は決心した。人はいないし、広さも意外とある。そこそこ闘いやすい場所だ。距離を詰めて、背後からエスに声をかける。

「エス、僕と対決しよう」

「……どうして、俺がエスだと？」

エスはゆっくりと振り返る。顔つきは肉屋の店主のそれとは別物だ。温度の感じられない冷たい目つきに、僕の呼吸が荒くなる。

威圧系スキルはなかったはずなのに、このプレッシャーか。

「鑑定眼がある」

「有効な距離まで近づかれ、凝視されたら気づくはずだがな。……そうか、お前はあの時の」

財布を盗んだおばさんを始末したときの話だ。

「逆襲の牙の活動のためにお金が必要なんだよね？　でもスリが失敗したくらいで殺すのはやりすぎだ」

「足がつくからな。何よりあの女は殺されてもおかしくない命だ」

どういう意味かと僕は訊《き》くが、エスは答えずに懐《ふところ》からナイフを出す。刃渡りは三十センチくらいか。【アイテム鑑定眼】をすかさず発動させる。

【強ナイフ　ランクA　スキル：強刃】

強刃については僕の諸刃《もろは》の剣にも入っている。これがある刃物とない刃物では切れ味や耐久度が違う。

エスが直進してくる。

僕は剣身で冷静にナイフを受ける。

短剣使いとしての腕は、エマよりずっと下だと思う。

短剣術のスキルもないしな。斬られないようにだけ気をつけよう。多分、記憶を奪われる。

僕は反撃の剣を大きめに振り下ろす。

「むぅっ」

エスはバックステップで躱《かわ》したけれど、服を斬られたことに険しい表情を浮かべる。

接近戦なら、ちゃんとやり合えるぞ！　むしろ、僕の方が優位かも。

「君の腕は素晴らしいな。その実力、俺のために使ってほしい」

「無理だよ。あなたのやっていることは犯罪だ」

「貴族や王も犯罪者となにも変わらない。奴《やつ》らは罪もない人をいたずらに弄ぶ。俺は間違った支配者からこの町を救いたい。君にも――力を貸してほしい」

ぐにゃりと視界が一瞬歪《ゆが》む。さらに頭の中がボーッとする。エスの落ち着いた声が脳の芯に響いてくる。

力を貸してほしい。力を貸してほしい。力を貸してほしい。力を貸してほしい。

僕は彼に力を貸すべきだと考え――すぐに思い直す。

これが【洗脳】の効果なんだ！

すぐに正常に戻れたのは、レベル差があるのと、精神系のスキルがあるからだ。

取得しておいて良かった。

「洗脳が入っていた方が幸せだったのに。これで君は死ぬしかなくなった」

雰囲気というか殺意がエスから漏れ出す。それと同時に、僕の足元に紫色の水溜《みずた》まりが現れた。

すぐに下がる。これは、スリのおばさんが殺された技だ。

エスは連続で攻撃を仕掛けてくる。

「くっ、石弾……？」

疑問符を浮かべたくなるのはエスの近くに十個前後の石が浮かんでいるからだ。これ【石弾】ではないな。

次々に石が飛来する。

避けたり、剣で弾《はじ》いたりするが、結構キツい。でもどうにか防いだと思いきや、接近されていて腕を微《かす》かに斬られた。

切れ味抜群ですね、とか言える余裕があったらどんなに良《い》いことか。不思議なことにエスは追い打ちをせず、僕から距離を取った。

――バシャッ！

次の瞬間、頭上から水が降ってきて僕はびしょ濡《ぬ》れになる。

「は？　なに？」

雨かと思ったけれど、今日は雨じゃない。そもそも雨って量の水じゃなかった。即効性の毒などがあるわけではなさそうなので、少し安心する。

「今度は避けられるかな？」

エスが不敵に微笑《ほほえ》む。またさっきのように石を飛ばしてきた。なるほど、水で服を重くして動きを鈍らせる作戦ね。

大丈夫。平常心さえ失わなければ、全て弾けるはず――視界が？　いや体が揺れている？

足場を確認すると、石畳の地面が波打っていた。異常な現象に驚愕《きょうがく》する暇はない。大人の握りこぶしよりも大きい石が襲ってくる。

直撃は……三発。まず左腕の二頭筋と太もも。当然痛いけど、深刻なのは最後の一発だ。

「うぅぁ……」

こめかみに当たった僕はヨロけながら倒れる。地面はもう波打ってはいない。重傷ではないと思うが、血は出たし鈍痛がする。

ここをナイフで狙われたら殺される。体にむち打って立ち上がる。エスは、なぜか息切れを起こしていた。

「ハァ、ハァ」

僕は【編集】を使って、彼のもう一つのスキルを調べる。

【自由奔放】
〈想像した現象を現実に起こす。生物に直接作用する現象は不可。また異常性が高いほど集中力とスタミナを消費する〉

ひいいいっ、と叫び声を上げたいくらいだよ。

想像が現実になるって、かなり凶悪だ。直接中毒や麻痺《まひ》状態にされないのが救いか。あと、エスが息切れしている理由もわかった。

連続で色々使用したから疲れているのだ。一応隙を見せたことになる。でも、僕も俊敏に動けるほど回復はしていない。そこで【編集】だ。

『現実に起こす』削除　２５０００ＬＰ

高い……。スキル破壊は無理っぽいな。そしてエスの息が落ち着いてきている。

「腕は立つようだ。ならば動きを止めるか」

左右の建物から一本ずつ腕が伸びてきて、僕の両足を摑む。人間の腕っぽいがずっと長い。握力も相当なもの。想像力豊かですね！

僕は腕を二つとも切断して、エスとは反対方向に逃げる。一旦引いて、対策を立て直したい。

「逃がすものかっ」

建物から次々に腕が伸びてくる。恐怖感を覚えながらも僕はスライディングやジャンプで腕の猛追から逃れる。

路地から抜けると、正面から矢が数本飛んできた。何もない空間から突然だ。焦りはしたけど【白炎《はくえん》】を手先から出して焼く。

冷静な行動ができたな。

僕にしてはかなり良かったんじゃないか。

背後を確認しながら、通りを全力で走る。エスは路地から出てきたものの、それ以上追跡してくることはない。

スタミナの問題で、追いつけないと判断したのだろう。助かったー……。

一応気を抜かないで、宿屋まで戻ってこれた。胸がバクバクする。一階には、ネイナさんがいて掃除していた。

「ノルくん？　頭から血が出てるじゃない」

「暗い道で建物にぶつかっちゃって。大したことないので平気です。おやすみなさい」

「う、うん、おやすみ」

エスと戦闘してきたとは言えない。彼女やその仲間の力は借りないと判断したしな。部屋に戻ると、僕は傷薬を痛む箇所に塗り込んだ。

一応修羅場をくぐってきて強くなっている。傷は大したことがない。むしろ精神的ダメージの方が大きいかも。

想像したことを現実に起こせるって……ずるすぎるでしょう！

僕はベッドに寝転がり、対策を考える。

スキルを壊すのは無理でも弱化は可能かもしれない。

もしくは【付与】で本人に足かせをつけるのもありだな。あれこれアイディアを出す。疲れもあってか、次第にウトウトとしてきた。

重くなる瞼《まぶた》を感じながら僕は思う。本当はあんまり闘いたくない。エスの境遇にどこか同情している。

貴族闘会なんて馬鹿げているしね。でも自分にはどうすることもできない。レベルは高くなってもまだまだ無力ってことか。

「何が正しいのだろう」

僕は呟《つぶや》いて、目を閉じた。

すぐに意識が遠くなって眠りに落ちる。

どのくらいした頃だろうか、重くて低い声が聞こえた。

「――おとぎ話には主人公がいるが」

◇◆◇

驚いて目を覚ますと、自分のすぐ横に男が立っていることに気づいた。

エスだ。追跡されていた？

いやそれより、彼はナイフを右手に握り、僕を冷たい目で見下ろす。

「この世界では、誰もが主人公なんだ。そうは思わないか？」

振り下ろされるナイフ。僕の心臓を狙っている。

転がって必死に避《よ》ける。ザスッ、とナイフがベッドに刺さる。僕はギリギリで死から逃れた。

でも油断はできない。すぐに起き上がり、テーブルの上に置いていた剣を手にする。

「ふう……もし、無言でやられてたら死んでいたかも」

「俺は、闘いの中で始末することを望んでいたのかもな。人は自分の心をいつだって理解しているわけじゃない。濃い味を望む日もあれば、薄味がいい日もある。違いは？　わからない」

確かにね。僕なんて衝動的に行動してしまう時もあるしさ。

「エス、僕は場所を変えたい。逃げないからついてきてほしい」

宿では迷惑がかかるし、狭い。あちらだって好みはしないはず。実際、拒否の態度は見せないけど頷《うなず》くこともない。

僕はドアを開け、すぐに一階に下りる。そのまま出ようとしたが、ネイナさんが声をかけてきて困る。

「ノルくん、今上で物音がしなかった?」

「少し出かけます!」

急ぐ僕とそれを追うエス。

ネイナさんはエスの姿を目にして、訝《いぶか》しげな表情を浮かべる。

「その人、誰?」

「えっと、僕の知り合いです、お気になさらずっ」

ここでエスだなんて告げると面倒なことになる。

ネイナさんとエスは目が合ったみたいだけど、それは数秒にも満たない。僕は宿を無事出た。少し遅れて、エスも同じようにした。

僕は走りながら、どこで闘うべきか考える。

結果としてたどり着いたのは、夜の公園だった。かなり広い場所で日中は子供とその親で賑《にぎ》わう。

でも夜は、ほとんど人がいないんだ。

立ち木は邪魔にならない程度。足場も悪くない。少し離れた場所には小さな池がある。

僕は静寂《シン》とした公園内で立ち止まった。

振り向くと、エスが息も切らさずに立っている。

「世間の評判では、もの凄《すご》い悪人って話だけど、意外に言うことを聞いてくれるね」

「俺は手下に犯罪を犯させるが、基本は資金調達だ。必要以上に民間人を傷つけはしない」

「ではあのスリのおばさんは？」

よくわからない毒魔法で殺された人だ。エスは少し不愉快そうな表情をしつつ、静かに話す。

「あの女は我が子を二人殺した過去がある。娼婦《しょうふ》として金を稼がせた後、病気にかかると男を使って殺したんだ」

聞きたくなかったかもね、そういう話は……。この間洗脳されたお兄さんも、決して素行が良さそうな人じゃなかった。

エスは洗脳する相手は、選んでいるのだろうか？　だとすると……ダメダメ、そういう考えはいけない。

これこそが相手の考えかもしれない。

僕はメンタルが大して強くないから、すぐハマっちゃうんだ。

「だとしても、貴方《あなた》がやっていることは許されない」

「わかっているさ。勝った方が正しい。それが世界の摂理。証拠に汚らわしい貴族は――のさばっているだろうが！」

僕は目を丸くする。感情の爆発だけじゃない。それに呼応するみたいに、近くで本物の爆発が生じたのだ。

嘘《うそ》でしょ⁉

僕は横っ飛びでどうにか逃れるが、爆風が思った以上に強くてゴロゴロと転がる。どうにか肉体を制御できると思ったら、すぐ近くにエスがいて泣きそう。

彼の足先が地を這《は》うように迫ってきて、急に浮き上がる。まあ、普通のキックだね。僕は片腕でそれを受け、飛ばされる。

うん、ダメージは大したことない。

「え？」

月明かりが急に届かなくなった。上を見ると、巨大な岩が落ちてくるじゃないか！　立ち上がりながら逃げるという忙しい作業。

どうにかぺしゃんこにならずに済んだ。ふと、父上がいつもゴキブリを踏み潰すシーンを思い浮かべてしまった。

虫もこんな気分だったのかな……。

気になるのは、岩がすぐに消失したことだ。そして今度は途端に動きづらくなる。地面がぬかるみ始めた。

　エスの視線は僕の足元に集中している。

【自由奔放】って、本当に何でもありなの？

【石弾】を大きめに撃ち出し、まずは集中力を切れさせる。

「大きいな……」

　エスは規格外のサイズに驚くが、行動は冷静そのもの。一歩横にズレて躱したんだ。

　当たらなくてもオーケー。地面が少し固くなって移動できたからね。

　止まっていると怖いので、僕はエスの周囲を小走りする。

「フ……フ……」

　エスのやつ、息を立てないようにしているけど、やはりスタミナ消費しているな。敵に疲れを悟られないため、平静を装っているのだろう。

　僕は地面の石を拾い、試しに足元に投げてみた。

「チッ」

　石が足に当たってから、エスは反射的に足を引いた。

　やっぱり反応が遅れているな。

　きっと疲れがあるんだ。それなら、このまま地味に闘いを長引かせよう。

　スタミナ勝負！　――そう調子に乗った途端に、高波が押し寄せてきた。

目の前にいきなり現れるんじゃ、防ぎようがない。

僕は波に流される。

「げほ、がへっ」

あーれー、とか可愛《かわい》い悲鳴は出ない。

水をいくらか飲んでしまった。塩辛いので海の水なのか。

一番まずいのは、剣を少し流されたこと。

ここぞとばかりにエスが攻めてくるので【氷針】を使う。

氷柱のような氷がいくつも飛ぶ。エスは未来を読んでいたみたいに華麗なステップを披露する。

全て外した僕は焦って次の手を考える。でもあちらの方が速い。

「ちょ、待っ……」

僕が意味のない声をあげる。エスは待たない。代わりにコケた。……ん？　水で滑った？

「ハァ、ハァァァ」

肩で息をしている。そっか、結構な大技だったのでスタミナの消費が激しいのだろう。

僕は焦って攻めたりしない。代わりに確実に勝ちにいく。

スタミナ大量消費　４８００ＬＰ

【創作】でスタミナが減りやすくなるスキルを創る。当然、【付与】によってエスに貼り付けるためだ。

相手や相性によって、付与に必要なLPは変わる。俊敏な相手に鈍足系はめちゃくちゃ付けるのが大変だし、逆にノロいなら比較的付けやすい。

とはいえ、基本的にはマイナス系は数字が大きくなる。

今回だってそうだ。

要求されるLPは4800。普通に強力なスキルが創れるくらいのLPなんだよねこれ。僕は迷わないけれど。

このために毎晩苦労してLP貯めてきたんだ。

「いくぞ、付与！」

「……何かしたな？」

エスは感覚が鋭いのか、体の変化を感じ取ったみたいだ。そこで僕は彼に自首をすすめた。

「貴方のスキルの弱点はわかっている。これ以上やるとスタミナが保《も》たない。いくら鍛えていても過労で死ぬこともある」

「…………何の価値がある？　この俺の命に。無残に死んだ妹の遺体を見た時から、死など恐れたことはないッ！」

形勢はこっちが有利になったと思ったけど……その並々ならない眼光に威圧されて動悸《どうき》がしてき

た。

相手のペースに呑まれちゃダメだ。

僕は剣を拾って構えを取る。

エスはおもむろに立ち上がる。その顔は泥だらけだ。彼はそれを指で拭《ぬぐ》うと、憎しみの籠もった目で夜空を睨《にら》んだ。

「汚い。この町に住む王族や貴族たちのようだ」

「僕も妹がいるから、辛《つら》い気持ちは……」

「わかるはずがない！　ある日突然さらわれ、次に会った時は死体だぞ！　それも死体から、苦しみがわかってしまうほどの」

不意にアリスの笑顔が思い浮かぶ。いつも僕のことを気にかけてくれる。

きっとエスの妹も同じくらい尊い存在だったに違いない。僕だって、もしエスの立場になっていたら復讐鬼になったかもしれない。

この国の貴族はよくわからないけど、王様は嫌いだ。権力を笠《かさ》に着て、多くの人を傷つけている。

「少年、お前はあの薄汚い王に力を貸している。ならばやつの犬も同然。この命尽きようとも倒してみせる」

エスは残りの力を振り絞って恐ろしい攻撃を仕掛けてくる。

「痛っつ⁉」

風音が聞こえたと同時、僕の腕が切り裂かれた。幸い、傷は深くはない。でも一ヵ所だけじゃないのが怖い。

あちこちから血が噴き出る。

風を刃のごとき力に変えての攻撃。

僕はすぐさまスキルで、異空間から覇者の盾を取り出す。

縦に長い鉄の盾で、【堅牢《けんろう》】【火耐性A】【水耐性A】【風耐性A】が付くという素晴らしいものだ。

今までも、何度も僕の命を救ってきてくれた。

これに隠れるようにする。動きを止めるといい的なため、動いたりバックステップを行う。

「小賢《こざか》しいっ、まっ、ねっ、をっ」

エスは息切れでまともに話せない。【自由奔放】はあり得ない想像であるほど、集中力が必要で、疲労感も増すと考えるなら、彼の限界は近い。

僕のつけたマイナススキルの効果も抜群だ。

多分、このまま逃げ続ければ勝てる。

相手は過呼吸でも起こして、最悪死ぬだろう。

……最悪？　なぜ、僕は彼が死んでしまうのを最悪だと思っているのだろう？　自分の思考に捕らわれた刹那、僕を囲むように火柱が立つ。

僕の背丈よりずっと高く、飛び越えるのは無理そう。隙間もない。

熱で肌が焼けそうなんだけど。焼死はちょっと……。

「お前が、焼けるかっ。俺が、くたばるかっ。最後は、意志が強いやつが、勝つ！」

火柱で顔は見えない。でも彼の気迫は伝わる。そして、この勝負は多分僕が勝つ。ＬＰはまだ数千もある。

火や熱に対する耐性を付けてもいい。それ以外にもアイディアはある。

僕は【水玉】をできる限り大きい状態で放つ。でも火に向かってではなく、真上にだ。夜空に上がった水の玉は、重力には逆らえずに形を崩して落下する。

降り注ぐ水はほとんど僕にかかった。

これでいい。元々火柱を消すには少し頼りなかったからね。僕はびしょ濡れになった状態で、盾を前に構えたまま火の中に突進する。

火の壁を通り抜ける際、熱さはそれほど感じなかった。

「ふっ、ふっ……」

首元を苦しそうに押さえるエス。とっくに限界を超えている。呼吸すらまともにできないじゃないか！

それでもまだ、彼は【自由奔放】を使おうとする。

その執念に驚きながらも、僕は盾を捨てて疾走する。

——斬！

「いぐぁ⁉」

左腕、肘から下を剣で斬り落とさせてもらった。

襲いかかる激痛と呼吸困難に、エスはうずくまって苦しむ。僕は悲しい気持ちでそれを見守る。

敵を斬ってこんな気持ちになるなんて……初めてだよ。

さすがに強いだけあって、エスは数分で話せるようになった。

「……何のつもりだ？　惨めな人間を眺めるのが、趣味なのか。お前も王族と変わらないな」

「……殺すための剣じゃないよ。救うために斬ったんだ。だってあのままなら、貴方は自ら死ぬ」

「同じことだ。お前は俺を捕らえる。それは同じ、いやさらに残酷なことだろう」

その通りだよね。

僕がこのまま引き渡せば、王は嬉々《きき》としてエスを殺すだろう。あらゆる拷問で苦しめ、最後は見せしめとして町中で処刑するかもしれない。そのくらいは容易に想像がつく。

「妹のことを忘れろとは言えない。でも新しい人生を送ってほしい。もしかしたら、違う未来を掴めるかもしれない。僕はそう思うんだよ」

「なぜ、泣く？　俺は……敵だろう？」

「わからないよ。勝手に……」

目頭が熱くなって涙が止まらなくなる。

腕を目元に当てて隠すけれど、なかなか止まってくれない。

今攻撃されたら負ける。何より恥ずかしい。けど、エスと妹さんの幸せだった頃の生活が想像できてしまって、こうなるのだ。

彼は隙を突くことはせずに、迷ったような声で尋ねる。

「悪人とはいえ、俺は目的のために何人も殺している。金品だって奪った。許されるのか？　妹は人を傷つけるのが何より嫌いだった。俺を許してくれると思うのか？」

「神や法や妹さんが許してくれなくても、僕は許したい――」

――エスは動揺した様子の後、少しの間黙り込んだ。

僕はエスの服を少し破って、腕を止血するために使う。

逆らうことはせず、素直に処置に従ってくれた。

「優しいな。でも君の命が危ういだろう」

「命の代わりにエスの腕をもらいます。片腕は辛いと思いますが、僕も死にたくはないので」

「……問題ない。だが俺は復讐を諦めたと決まったわけじゃない」

「僕は貴方にエスを捨てて、新しい人生を生きてほしい。でも決めるのは、貴方です。仮に活動を続ける場合でも、エスはもう名乗らないでほしいですが」

ここで初めて、エスが笑った。表情はだいぶ穏やかだ。何を考えているのか、少年に過ぎない僕にはわからない。

でもきっと、今までよりは良い道を選んでくれるはず。

そう信じたいんだよね。

止血も成功したので、僕は異空間に彼の左腕を保存する。最後に何を告げようかと迷う。

「そんな悪行が、許されると思うか？」

エスじゃない。

もちろん僕でもない。

夜風にのって流れてきた憎悪に満ちた声は、ネイナさんのものだ。

普段とあまりに違うトーンに、僕はただただ戸惑った。

◇◆◇

目を血走らせた彼女は、平素とは顔つきがまるで違う。猫は普段のんびりとあくびをしていても、ネズミを見つけると途端に表情が険しくなる。

彼女も似たようなもので、エスは標的なのだ。狩りの的であり、復讐の対象でもある。

「酷《ひど》いじゃないノルくん。私にエスのことを教えてくれないなんて」

僕のことを心配して追いかけてきたのだろう。そして、先ほどの会話を聞かれたんだ。

彼女はエスのことを背筋が寒くなるような目で睨む。

「クソ野郎はこんな顔をしていたのね。パラットって子を知っている？　お前が殺した子よ」

「……あの少年か。覚えている」

「お前を同じ目に遭わせてやるッ‼」

ネイナさんの割れるような怒声が公園に響く。怒りに反応するみたいに額から一本の角が生え、肉体が一回り大きくなった。

筋肉量がかなり増しているな。肌も少し赤っぽく変化した。月と夜空をバックに変身する姿は幻想的でありながら、とんでもなく怖い。

【鬼人化】で変わるのは見た目だけじゃないらしい。鑑定したらレベルが１５０を超えていた。

一気に強くなるんだなぁ……。

「パラットを殺した理由は？」

個人的な興味があって、僕はエスに尋ねた。

「嗜虐《しぎゃく》的な趣味があり、定期的に老人や子供や女性をいたぶり殺していた。さらに弱者同士を殺し合わせていた。それを目撃した時、俺はあいつを殺した」

妹さんのことが頭をよぎったってことだね。

貴族闘会を行う汚い貴族たちと同類になる。

この話を聞いてもネイナさんは動じない。否定もしない。知っていたってことかな。

「パラットはダメなところもあるけど、可愛い弟だったのよ」

「ダメなとこがダメすぎますよ……」

うっかり本音を漏らすとネイナさんの怒気が増した。額に浮き出た血管が恐ろしいです。

そんな恐怖を無理やり押し殺して、僕はエスの前に立つ。

「下がっていてください。今、闘ったら死にますから。僕がやります」

「……パラットは腕力が異常だった。接近戦は避けておけ」

アドバイスに僕は首肯して剣を構える。エスは一応逃げるわけじゃないため、ネイナさんも焦って動きはしない。

僕を倒してから、ゆっくりと始末するつもりなんだろうね。

「疲れ切った体で勝てるかしら！」

ネイナさんが突進してくる。右左右左とシンプルながら移動してくる。規則的だし魔法を当てるのは簡単……じゃない。

動作が速すぎて目で追うのがやっとだ。何とか剣を振って抵抗する。

スカッ。

こりゃまずいと思った瞬間、頬をビンタされた。

視界が一瞬暗転したが、気力で意識は飛ばさない。ところが今度は腹を蹴られて吹き飛ばされる。今日はこんなんばっかだよ。

とほほ、と嘆きたい。

「ノルくん、最後のチャンス。黙ってエスを渡して。穴だらけになるよ」

彼女は膨らんだポケットから石を取り出す。僕は迷っているフリをして、こっそり【アイテム鑑定眼】を発動させる。

……ただの石だ。

特殊なアイテムではない。

「この町にきてから、何が正しいのか僕はわかりません。だから、この目で見て感じたことを優先します」

「死ぬってことね。大馬鹿者だよあんた！」

ヒュ、と風を切る音が聞こえる。僕はすぐに回避行動を取ったけれど、左腕に直撃して悲鳴を漏らす。

折れてはないけど、とても痛い。

「ほらほらほらほら！　どんどん体が破壊されていっちゃうよ〜」

笑顔で次々に石を投擲《とうてき》してくる。その表情は楽しそうで、嗜虐心があるとしか感じられない。鬼人化するとそうなってしまうのだろうか。

「少年、使えっ」

「助かります」

　エスが落ちていた覇者の盾を拾って投げてくれた。これを掴んでガードに回す。いくら怪力だろうと、所詮はただの石。完璧に防ぐことができる。

　ちょっと良い作戦を思いついたので、僕はわざと盾に隠れたまま動きを止める。石が弾かれる音が断続的に続く。

「情《な》っさけない。それが闘う男なの？　本当にキンタマついてんのかねえ！」

　荒々しい口調で彼女は攻め続ける。石の音に混じって、微かに足音が混じる。彼女は必ず僕に近づいてくる。ほら。

「ばあ。みーつけた」

　すでに僕の真横に移動していた。目をこれでもかと開き、口元には歪んだ笑みを貼り付け、僕の胸ぐらを剛力で掴む。

「クスクス、終わりだねノルくん」

「はい終わりです」

　僕はチキンだけど、何の策もなく縮こまっているなんてことはしない。亀の子作戦は、至近距離で【閃光《せんこう》】を使うためだ。

　指先から生じた強烈な光に、ネイナさんは仰《の》け反《ぞ》る。

「びゃっ⁉」

視界を殺された混乱から数歩下がる。そこを足払いした。よし、尻もちをついた！　僕は彼女の腕を取って、レイラさん直伝の関節技を決める。

躊躇《ちゅうちょ》ゼロ。

一気に折る。

「ひぎぃえええぇ！」

少女が出してはいけないような悲痛な声をまき散らす。暴れるのでもう一本いこうとしたが、片腕で空中に放り投げられてしまう。

「どんな腕力なのぉぉ……」

僕は空中で体勢を立て直し、見事尻から地面に着地する。

僕にしては上出来だね。

「ノルーーーーッ」

こちらが起き上がるより先に猪突猛進《ちょとつもうしん》してくる。怖すぎて逃げようとするが、彼女の前に分厚い土の壁が唐突に現れた。

頭から直撃した彼女はひっくり返る。とはいえ、土の壁もぶっ壊れたからね……頭硬いね。超常現象を起こしたのはエスだった。

「ハァ、ハァッ、今しかない……終わりにしろ……」

「はい」

僕は意識を集中させる。雷を落とす。隙だらけになるので、戦闘中は使いにくいけど、今なら大丈夫。

発動させた【落雷】は、ちょうど起き上がったネイナさんに完璧に命中した。

「ク……ソ……が……」

ぶっ倒れて動かなくなった。倒した……んだよな。やられたフリとかシャレにならないので、僕は慎重に近づく。

ちゃんと息はある。

気絶しているだけだ。スキルによる落雷は、威力が弱めだ。鬼人状態だし、深刻なダメージにはならないかな。

一方、エスは過呼吸気味になっていたけど、どうにか回復した。僕は告げる。

「ここでお別れだ。しつこいようだけど、これからの人生をよく考えてほしい」

「……礼など言わない。どう生きるかの約束もしない」

「うん、それでいいよ。でもよく考えてほしい。あと治癒師や医者に診てもらって」

微かにだけど、頷いてくれたのでよしとする。

彼の腕も手に入れた僕はさっさと公園を立ち去る。

いつネイナさんが起き上がってくるかわからないしね。

宿に戻るのは気が引けるため、別の広場に向かって、ベンチの上で一晩を明かした。

寒かった……早くみんなに会いたいなぁ。

◇◆◇

翌日の午前中、僕はジャイロ王の前で膝をつく。

エスの片腕を差し出して、彼は死んだと告げる。

「遺体はないのか？」

ジャイロ王は、少し不服そうに眉を寄せた。僕は動じることなく、淡々と虚偽の物語を話す。骨も残らぬ強力な魔法で焼いたことにした。

腕はたまたまその範囲から外れて無傷だったと。一応、姿などの情報についても伝える。これは全くのデタラメだと過去の目撃情報からズレるので、バレない程度に。

「死に際は？　苦しんでおったのか？」

「悔しそうに、恨み言を口にしました。王や貴族を倒せなかったのが無念だと」

「そうか！　そうかそうか！」

王は途端に表情を明るくして手を叩《たた》く。

今まで権力で嫌いな相手は潰してきたのだろう。でもエスは一筋縄ではいかなかった。

よっぽど嬉《うれ》しいんだね。はあ……。

「ゴホン。とはいえ、これが別の者の腕でないとも限らぬ。そこであと二週間ほど滞在してほしい。その間にエスが現れなければ、褒美を取らせよう」

「結構です。僕は家族や仲間に会いたいので帰還します」

「何だと⁉　そのような真似《まね》は許さぬ」

「僕はジャイロ王の兵士ではありません。それに、それがエスの腕だということに嘘はありません」

うん、ない。そこは本当にないから自信もって言えるよね！　真実だと堂々としていられる。その態度が効いたのか、王も渋い顔をするだけだ。

最後にもうちょっと意地悪しておこう。

「そもそも褒美は、いただけるのですか？　僕の望みは、貴族闘会の廃止ですよ」

「ふわ⁉」

そういう反応やめて。四重顎の男がふわとか……。なぜ知っているという顔なので、戦闘の際にエスが話していたと伝える。王は顔色が悪くなり、もごもごし出す。

へぇ、一応悪いことしている自覚はあるんだね。

「罪もない人の命を弄ぶ。絶対に許されることじゃない！　……僕はそう思います。じゃないと、第二のエスが生まれます」

「むぅ……」

僕は最後に一睨みしてから、嫌々頭を下げてきびすを返した。

正直、兵士に襲われるんじゃないかって冷や汗ものだよ。小心者は辛いなぁ。父上の子だからかなぁ。

無事城を脱出できたので、次は看板や立て札を取り扱うお店に行く。

立て札を購入する。決して安くはないけれど、迷いはなかった。札にはこう書いた。

『王と一部の貴族は、罪もない住民同士を殺し合わせて楽しんでいる。貴族闘会などと呼んで。許されるものか。みんな立ち上がろう』

これを一番人通りが多いところに立てておく。

旅人のささやかな復讐ってわけです。

さっさと帰りたいところだけど……宿に寄った。一応、荷物が置いてある。カウンターに誰もいなかったので借りていた部屋に入り荷物をまとめた。

さて、ロビーには誰もいない。僕は恐る恐る宿泊料をカウンターにのせてみる。音が伝わったのか、奥から彼女が出てきた。

「はーい、どなた……」

そう、ネイナさん。彼女の僕を見る目はあれだ。親の仇《かたき》を見る目そのもの。

「支払いは、しようと思いまして。色々ありましたけど」

ネイナさんは無言で硬貨を数える。殴りかかられることはない。少しホッとしたよ。

「さっさと出てって。顔も見たくない」

僕は素直に従う。最後は敵対しちゃったけど、お世話になった宿だ。入り口のところで頭を下げた。

すると、ネイナさんが感情が高まった様子で言う。

「あんたのやったことは間違いよ。私はあんたを一生許さない」

「……何が間違いかはわかりません。でも僕は、僕の選択を信じます」

それ以上、言葉を交わすことはない。

無駄なんだ、きっと。

僕は静かに宿を出ていく。仲良くしていた人と敵になってしまうのは、やっぱり悲しいな。

でも生きている以上、全ての人とわかり合うことはできないのかもしれない。

僕は故郷の方角の空に視線を向け、一歩踏み出す。

4話　帰ってきました！

三日月に背中を守られながら、僕はようやくホームタウンに足を踏み入れる。

やっとだ……。

長い旅だった。

もう夏休みも終わっているわけで、明日はエルナ先生に怒られるんだろうな。

それでもみんなに会える喜びの方が大きいけれど。辺りはすっかり夜なのでさっさと自宅へ。家の前につくと安堵《あんど》感がハンパない。

「ただいまー」

返事はない。

リビングからちゃんと人の声はするんだけどね。僕の存在なんてどうでも良かった？　こっそりと進んでいくと、まず泣き声が聞こえる。アリスだ。

「お兄様、どうかご無事で戻ってきてください。そのためなら、わたしの命なんて……あとお父様の命なんて」

「俺も⁉　俺も生《い》け贄《にえ》なの⁉」

父上は相変わらずテンションが高い。っていうか上半身裸で剣を握っている。家で素振りしていたみたいだ。知らない人が見たらちょっとした奇人だよ。

「あらまあ、それじゃ母も一緒に逝きますね」

母上も元気そうで良かった。隣には巨体の黒いライオンがいる。虎丸は正確には魔物で、頭の花が特徴的だ。

『我がノルを助けにいく。友を見捨てることはできない』

「ではわたしも連れていってください！　お兄様がわたしを呼んでいる。そんな気がしてならないんですっ」

だいぶ盛り上がっている。

このままだと僕を迎えに出かけちゃう勢いだ。

ここまで思われて嬉《うれ》しいけど、さすがに声をかけることにした。

「あの、アリス。僕は平気だよ」

「聞きましたか⁉　やはりお兄様の声です」

『我も聞いたぞ！　きっとスキルか何かで意思を届けているのだ』

「と、父さんだぞ。俺は無事だぞっ」

はい？　三者とも天井を見上げている。僕の声が遠くから届けられたものと勘違いしている様子。

母上だけだよ。本当の僕を見つけてくれたのは。まあ、思いっきりリビングの入り口に立っているんだけどね。

母上は棚の上から何かを取り、微笑で僕を出迎えてくれた。

「おかえりなさい。ノルは無事だって信じていたわ。あなたは最近凄《すご》く強くなったものね」

母上の顔を見ると、自然と熱い感情と涙が込み上げてくる。やっぱり僕はこの人の子供なんだな。優しい抱擁に、どこまでも癒やされる。

ところで母上、手に持っているハチの巣は何ですか？　なぜ穴の中に赤いものが詰まっているのですか？

「あらこれ？　創作料理よ。帰ってきたらノルに食べてもらおうと思って」

一難去ってまた一難。まさか身内が最大の敵になろうとは。そしてアリスたちは目を閉じて聞き耳を立てている。まだ気づいてないのかい！

仕方ないので三者の中心に移動して、間近で話しかける。

「アリス、虎丸、僕はもう帰ってきたんだよ。遠くから声を飛ばしているんじゃない。いるんだ、ここに」

「お兄様っっっ⁉」

『ウォオオオ、ノルが帰ってきた！』

「あああ、マイサン⁉　……あれ、今俺の名前呼ばれた？　ねえ、俺のこと呼んでくれた？」

大泣きするアリスと虎丸の頭をなでなで。涙目の父上も可哀想《かわいそう》なので宥《なだ》める。まあ僕のせいなんだけどね！

夜ご飯抜きだったことを伝えたら、みんなが接待のように色々と用意してくれる。料理から肩もみまで。家族って温かいなぁ。

幸せな気分を満喫しつつ、久しぶりの家庭料理をいただいた。

さすがに、蜂の巣トウガラシは遠慮したけれど。僕はあちらの国で起きたことをありのままに伝えた。もちろん兄上のこともだ。

ちょい情けないところは直っていなかったとも正直に話す。父上や母上は、それでも嬉しそうだった。無事生きているってだけで、親は嬉しいのかもしれないね。

ちなみに、こっちはこっちで問題があったらしい。

僕が見つけた珍品や虎丸の集めた魔物の素材などを売るレアショップ・スタルジアが他店の嫌がらせにあったと。

結構繁盛しているから他店は面白くないのかもな。虎丸の威嚇のおかげで、今はどうにか平穏を保っているとのこと。

『だが、またいつ妨害してくるかわからない。我がいない間を狙う可能性もある』

「その時は、僕も協力するよ」

せっかく貧乏貴族が、成り上がれそうなんだ。このチャンスは潰したくない。

「お兄様、あとはお休みください。疲れたでしょう？」

「うん、そうするよ。いつも気にかけてくれてありがとうアリス」

「至上の幸せです！」

いつもアリスは大げさだなー。僕は階段を上がって自室に入る。床にも棚にもホコリ一つない。ベッドのシーツも綺麗《きれい》だ。

きっと母上やアリスが掃除していてくれたんだ。

感謝しながらベッドに倒れ込む。帰ってきたぞーっ。

何だかんだヘトヘトだったんだろう。眠りにつくまで一分もかからなかった。

◇◆◇

静寂の中で目が覚めるのは気分が良《い》い。宿に泊まると、大体他のお客さんたちの声などで起きるんだよね。

ノビをして一階に下りる。リビングには虎丸しかいない。

『よく眠れたようだな。安心したぞ』

「おはよう。他のみんなは？」

『すでに全員出かけておる。もう十時だぞ』

「もうそんな時間⁉」

つい叫んでしまう。まだ七時くらいだと思っていたのに。もう夏休みはとっくに終わっている。

今日は平日なので当然学校もある。

僕は久しぶりに英雄学校に通えるということもあり、昨夜は楽しみにしていた。

『朝食はアリスが用意していた。食べたら送っていくぞ』

僕はすぐにテーブルについて食事を始める。かき込むようにした。ごめんよアリス、せっかく作ってくれたってのにさ。

虎丸の背中に乗って登校する。眺めは最高だ。

「虎丸も店に出る予定だったんでしょ？　僕のためにありがと」

『友のためならお安いご用だ。それより一つ。店の品揃《ぞろ》えがずっと少なくてな……』

僕が長く外国に行っちゃってたからね。虎丸が狩りをしたり、父上が知人を頼って商品を入荷してはいたが、そろそろ限界らしい。

「任せて。もう少ししたら、またダンジョンに潜るからさ」

『無理だけはしないようにな。あそこは隠しダンジョンの中でもかなり難易度が高いと我は思っている』

無限の迷宮――あの隠しダンジョンの名前だ。

隠しダンジョンは何も一つだけじゃない。

虎丸も遠い地で別の隠しダンジョンを見かけたことはあるみたい。でもそこは、すぐに冒険者に攻略されたとのこと。

また、僕が旅行に行っている間に、それに関するとんでもないことが起きていた。

『コロットという町の近くで、隠しダンジョンが見つかったようだぞ。特別な許可を得た者しか入れないと聞いたが』

「無限の迷宮もまだまだなのに、そんなことが……!」

かなりワクワクするな。

コロットは結構近い町なので、余裕があれば行ってみたい。

まあ、制限がかかっているなら僕なんかじゃ入れないか。まずは今までの攻略の続きかな。師匠にも会いたいしね。

そんなことを考えていると突風が吹く。道を歩く若い女性たちが、キャアキャアと小さく悲鳴を上げる。

スカートがめくれるからだ。

僕は嫌でもそれが目に入る。スキルの【ラッキースケベ】が久しぶりに働き出したみたいだね。

少しだけどLPが入った。

『無理しない範囲で頑張るのだぞ』

「虎丸も無理しないで～」

校門で背中から下りて、校舎内に移動する。教室の前につくと、中からエルナ先生の声が聞こえてきた。今は座学らしい。

邪魔しないようこっそりと中に入ってみる。

しゃがんだまま自分の机に向かう。

途中、前の方の席に見慣れた後ろ姿が……。レイラさんだよな。なぜSクラスに？　ともあれ席についたんだけど、どうして花が置いてあるのさ⁉　これじゃ僕が死んじゃった人みたいだ。

さて、エマの近くにくると、何やらブツブツ呟《つぶや》いていた。

「天国でも一緒だよ。あたし、死ぬまで他の誰のものにもならないからね……」

「まだ生きてますけど！」

うっかりツッコんでしまったよ。

「ノォルッ！」

「や、やあおっぷ……」

感極まった様子で抱きついてこられた。僕も再会は嬉しいので腕を回す。

本当は昨日の夜に生存報告するべきだったよね。ごめん。

「生きてて良かったぁ。死んじゃったかも……とか思って……」

「だからって花はひどくないかな？」

「これ枯れにくい花なんだよ。置いておくと、戦争に行った人が無事帰ってくるんだって。本当に効果あったし！」

泣き笑い状態のエマを見ると帰ってきたって気がすごくする。

もっと話したいことはあるけど、クラス中が騒ぎになってもみくちゃにされた。

一応、事情はある程度伝わっていたのだろう。これを治めたのはエルナ先生だ。

「席につけ！　誰が立つことを許可したの！」

元凄腕傭兵《すごうでようへい》の迫力は健在だ。

場が落ち着くと、先生はゆっくりと僕に近づいてきて全身を眺める。さっきまでと違って瞳は優しい。

怪我《けが》していないかチェックしてくれているんだ。

「……よく、無事で帰ってきたわね」

「色々ありました。ありすぎましたが、僕はなんとか生きています」

何度も死にかけたけれど。

エルナ先生は、スッと静かに僕に抱擁をする。少し驚いたけど、心地よさに頬が緩くなった。少しすると先生は他の生徒たちに言う。

「ノルが、いやノルたちが隣国で行ったことはみんなも知っているわね。ホーネストの町を魔物襲撃から救った。原因を解決したのもノルよ。まずは惜しみない拍手を送りましょう」

教室中から力強い拍手が沸き起こる。

みんなの眼差《まなざ》しがキラキラしていて、僕は照れまくる。

後頭部をかきながら、それほどでもーと口にしてみた。

「個人的にも教師としても、話を聞きたいわね。いい？」

「え〜と……はい」

学校を休んでいたことは全く咎《とが》められないみたいだ。

僕は一番前に立って、旅についてを話すことに。ホーネストでの出来事は、ありのままに話した。

でもエスについては、細部を誤魔化した。彼を逃がした判断が、みんなに受け入れられるか怖かったから。

そして僕自身も、内心では少し迷っていたせいだ。一通り、話し終わると質問が矢継ぎ早にきて、だいぶ疲れたね。

◇◆◇

休み時間、僕はレイラさんに気になっていたことをぶつけた。

無論、なぜSクラスにいるかだ。彼女は留学生でAクラスに所属していたんだ。

「ノルくんが頑張っている間、こっちではクラスの入れ替えがあったのよ」

あーそうか。僕の通う英雄学校は貴族の子弟が多いけれど、ちゃんと実力制を取っている。

成績が悪かったり能力が低い人は、ランクの低いクラスに落ちる。逆にそのクラスで優秀な人が、上にあがってくるという仕組みだ。

　僕は一応、前期ではかなり成績が良かったため、今のところは無縁かな。

「一緒に授業を受けられるのは嬉しいよ。格闘技で教わりたいことは多いし」

「こちらこそ。わたしの方が、ノルくんに教わることが多いと思うの」

　いい感じで会話をしているとエマに腕を軽くつねられた。片頬を膨らませて少々拗《す》ねている。

「幼なじみには、何かないのかな～？」

「当然嬉しいよ。エマとまた一緒に行動できる。空気みたいな存在だからね」

「空気？　う、うん……え？　うん……うれ、しいかも」

　少し戸惑った様子だ。空気くらい大事な存在って意味だけど、悪い意味で使われることもあるんだよな。

　適切じゃなかったかも。僕って言葉の使い方が下手なところある。

　久々の学校生活はホッとするし、楽しい。クラスメイトも優しくしてくれる人が多い。

　まあ、中にはちょっと嫌味吐く人もいたけどさ。

「いくら頑張っても準男爵って立場なことはお忘れなく」

　いかにも金持ちって感じの男子だ。名前は何だっけ。あんまり覚えてないや。

「どんな爵位だろうと、恥じないように生きたい。僕はそう思っているよ」

「……ふん、くだらない」

ここで会話は終わった。まあね、みんながみんな好意的ってわけじゃないか。それは入学した時から変わらない。

この国だって貴族はいるわけで、爵位が絶対の尺度と考える人は多い。

僕みたいな貴族崩れは受け入れられないのだろう。それも価値観の一つだけど……でもそんな考えがエスみたいな人を生み出したんだ。

放課後になると、僕は一人で生徒指導室に向かう。中に入ると、エルナ先生だけがいる。

「疲れてるのに呼び出して悪いわね。実はノルがいない間、限界で……」

「はいはい、だと思いました」

エルナ先生は体の凝りが激しい人なのだ。教師になって運動量がかなり落ちたのが原因じゃないかと僕は考えている。

マッサージ系のスキルがあるので、僕はそれで先生の肩を揉《も》みほぐしていく。

「これをっ、待っていたのよッ」

二十分ほど作業する。代わりに僕のＬＰ貯蔵にも協力してもらった。ハグをして、無事ＬＰを増やす。

頼んでないんだけど頭も撫《な》でてくれた。

「最近、弟っぽく見えちゃうのよね。特定の生徒を特別扱いしてはダメなんだけど」

「大丈夫ですよ。特別扱いする先生なんて、ありふれてますからー」

「しれっと毒吐かないの」

コツン、と軽く頭を叩《たた》かれた。

まあ事実なんだけどさ。

偉い貴族の子供となると、大人たちは時に家来のようになる。

英雄学校でもそういう先生はいるんだ。

エルナ先生は絶対ヘコヘコなんてしないけれど。

学校を出た後は、冒険者ギルドに足を向けた。僕は兼業冒険者なんだ。ちゃんと報告しないと。

もちろん、ローラさんに会いに行くという目的もある。

ギルド・オーディンの雰囲気は変わっていない。酒を片手に語り合う人。魔物の勉強をする人。狩りの相談をする人。

冒険者が集まる場所なのにキツイ感じがあまりなく、自由な空気が流れている。

師匠を称《たた》える人が多いギルドだもんね。ベテランの冒険者が、声をかけてくる。

「おーすノル、長旅から帰ってきたんだなー。よきよき」

「どーもです。ところで、ローラさんは?」

そう尋ねると、彼は奥のテーブルを指さした。ローラさんは数人の男たちと腕相撲に興じていた。

冒険者たちが次々に負けていく。

「帰ってきてからあの調子だよ。お前が帰ってこねーから荒れてたな。つーか、受付嬢の力じゃねえよ」

　怪力系スキルの持ち主だからね。

　僕の能力で、他のスキルも付与してある。もう冒険者になった方が良いんじゃないかな。

「ローラさん、帰ってきましたよ」

「ッ⁉」

　声をかけてみたところ、彼女に間髪入れずに抱きつかれた。

「ノルさぁぁあああん！　ずっと待ってたんですよっ」

　ぎゅううう――あいたたた⁉

　ちょっと力を緩めてもらえると嬉しいです。ローラさんはもう僕を離さないんじゃないかって力でホールドするのだ。

　ようやく離れると、瞳がうるうるしているのがわかった。

「きっと大丈夫。そう考えてもやっぱり不安でした。だから毎日毎日、ギルドの殿方相手に腕相撲して不安を解消していたんです。みなさん、ノルさんが帰ってきたので今日で用済みですね」

　ストレス発散は相当激しかったらしい。

　男性たちは用済み発言なんてまるで気にせず、半泣き状態で僕に感謝するんだもの。

　腕も痛いだろうし、受付嬢に負けるメンタル的な辛《つら》さもあったはず。

　帰りが遅くなり、すみません。

僕は椅子に座って、ローラさんとゆっくりと話す。依頼はしばらく受けていないけど、ランクなどに影響はなしと。

ギルド内で特に変わったことなどもなかったみたいだ。

「今日は顔見せだけで、明日からまた頑張ります」

「はい、お待ちしています」

「ローラさん、強くなっても受付嬢のままですか？」

「私は、ノルさんが最強になる手助けをしたいんです。サポート役でいいんですよ」

ちょん、と。僕の鼻先を指で軽く押して、微笑を浮かべる。こういう可愛《かわい》さが、人気の秘訣《ひけつ》なのかな。

ルナさんのことを尋ねると、ローラさんは少しばかり表情を曇らせた。

「最近ぜんっぜん来ないんです。ルナったら、また何か悩み事があるみたいで……。付き合いも極端に悪いし」

親友のローラさんにも打ち明けない悩みか。いや、親友だから迷惑かけまいと、黙っているのかもしれない。

または、相談しても解決しようがないこととかね。

「ノルさんの方から、上手《うま》く聞き出してくれません？　何かあれば私も協力しますから」

僕は約束して、立ち上がる。出ようとしたところで、ローラさんが慌てて呼び止めてきた。

「これ渡そうと思っていたんですよ〜。いつでも使ってくださいね！」

ニコニコ顔で渡されたのは紙切れだ。ただ、そこには『いけないゲームプレイ券』と書かれてあった。

どんなゲームか質問したけれど、使ってからのお楽しみとはぐらかされた。使用日はいつでもいいらしい。

こういうの好きだよね、ローラさんって。僕はポケットの奥にしまい、神殿へ向かった。

ルナさんは、僕やエマと冒険者パーティを組んでいるが、元々は聖女で今も仕事は続けている。

僕が兼業冒険者なように、彼女もまたそうなのだ。しかも聖女として街の人からすごく慕われている。

ハーフエルフで美人ってのもあるけどね。

神殿は人で溢《あふ》れていた。

ここは神を祭るだけじゃなく、信心深い人には無償で傷の手当などをする。

信心深くなくとも、適当に神を信じていると言えば治療は受けられるみたい。よって治癒院に行けない人が集まる。

一番長い列の先に、普段はルナさんがいるのだが、姿が見当たらない。

最後尾の人に尋ねてみる。

「聖女ルナさんは、休みですか？」

「いや、休憩中だ。外にいったみたいだが、邪魔はするなよ」

「はい。どうしても伝えることがあるので」

そう言って僕は外に出る。休憩中は、ルナさんに声をかけたりしないのがルールらしいね。

でも今日は、帰還報告だから許してほしい。

壁伝いに歩き、神殿の裏に行くと、ルナさんの姿を見つけた。

でも誰かと一緒だったので、僕は咄嗟《とっさ》に顔を引いて建物の陰に身を隠す。

別にやましいことしてないのに……。まぁ邪魔しちゃ悪いし。

「何度も言ったがルナさんのためになる。真剣に考えてみてほしい」

「だが私は……まだまだそういう話は……」

「断るにしても、一度だけでも会ってくれないか。この通りだ、私の顔を立てると思って」

五十代くらいの男性が頭を下げている。

見たことがある。この神殿の神父様だ。

「では、本当の本当に会うだけならば……」

「ありがとう！　では今週の日曜に！」

神父様は喜んだ後、こっちに歩いてくる。僕は焦って、近くにあった木陰に隠れた。

彼が去った後、少し遅れてルナさんも来た。うつむきながら、とぼとぼと歩いていた。

何を頼まれたんだろう？　相当嫌っぽいけど。

「ルナさん、ルナさーん」

僕は木陰から出て、手を振る。瞬間、ルナさんの顔色が一気に明るくなった。

「ノ、ノ、ノル殿！　帰ってきていたのか⁉」

ルナさんは猛ダッシュで来て僕の手を取る。上下にぶんぶん振りながら興奮した様子だ。

クールな彼女がここまで感情を露《あら》わにする。それだけ帰還を喜んでくれている。

こういう反応、嬉しいよ。

経緯を軽く報告して、怪我もないことを伝える。

「安心した……。ノル殿のことが気になって、中々眠れなかったのだ」

確かにクマがある。ただ、僕だけが原因ではないんじゃないかな？　せっかくの話題なので、ローラさんの頼み事の話をしよう。

「心配かけちゃいましたね。でも悩みは僕以外にもあったんじゃないですか？」

「むっ……ど、どういう意味かな？」

「実はローラさんが心配してましたよ。最近元気ないって」

そう教えると、ルナさんは少し嬉しそうな顔をする。

「やはり、ローラにはバレバレだったのだな」

僕なんかで良ければ力になりますよと伝える。ルナさんは、うーんうーんと悩み出した。

少し恥ずかしそうでもある。最終的に意を決したように口を開く。

「同僚の神父様から、ある男性を薦《すす》められているんだ。彼は結婚相手を探している。私は結婚する気はない。でもお世話になった神父様だし、無下にはしたくない」

詳細を教えてもらう。

さっきの神父様の親友に大商人がいるのだが、彼の息子が最近嫁探しをしている。

好みが結構うるさい人で、ただの人間は嫌らしい。

エルフ、ハーフエルフ、獣人あたりが好みなんだとか。

「なぜ人間は嫌なんです？」

「見た目が若いままが良いらしいぞ。私にはわからない感覚だよ。人の顔には、その人の生き様が表れるから良いのに」

なるほどね、外見が維持されやすい種族がいいわけだ。

でもエルフなんて、僕らの街には滅多にいない。

獣人もかなり少ない。

ハーフエルフのルナさんだって、かなり珍しいくらいなのに。

「会って、上手く断れたら最高ですね。僕にできることはありますか？」

「……弟役などで、見合いに参加してもらえないだろうか」

「いいですよ。どう演じます？」

「姉の醜態的なものを言いまくってほしいのだ」

幻滅作戦ってやつだね。外見が美しいほど、中身とギャップがあるとがっかり感があるし。

しばらく二人で打ち合わせをした。ローラさんにも妹役を打診することになった。

本番は今週日曜なので、それまで何回か話し合おう。

ルナさんが仕事に戻ってから、僕は空模様を見て少し迷う。今、隠しダンジョンに行ったら帰りは夜かな。

「……行こう！　師匠に会いたい！　あとドリちゃんにも！」

しばらくぶりだもんな。二人とも喜んでくれるんじゃないかな～。

ダンジョンにつくと合い言葉を唱え、中に入る。

遭遇した瞬間に攻撃してくる黄金スライムを【石弾】でぶっ潰す作業も慣れたもの。

最初倒した時は一気にレベル上がったんだけどな……。こっちが強くなると、一つも上がらない。

さてさて、二層に下りて、物音を立てないように部屋のドアを開ける。

師匠を脅かしてやろう――

『――うぅ……痛……………』

呻《うめ》くような声に僕は驚いて立ち止まる。

『今日は……辛い……かも………』

出会ったときから変わらず鎖に繋《つな》がれた師匠を僕は見つめる。

師匠は目は閉じたままだけど、僕をちゃんと認識できる。気づいた途端、いつもの明るい師匠に戻った。

『なーんちゃって！　ビックリした？　騙《だま》されたでしょ、なははは－っ』

でも僕にはわかるよ。動揺しているのが。いつもよりトークのテンポが速い。

ちょっとやそっとで動じる人じゃない。

きっと、聞かれたくない内容だったんだ。

けど、それならなぜ、聞こえるような念話を使ったのだろう？

僕は【アイテム鑑定眼】で師匠を繋いでいる死鎖呪を調べる。

ランクはＳ。繋いだ対象者と生命を同期させる。

この情報は前から知っていたし、師匠も話していた。鎖を切ったら自分は死ぬって。

もしや、痛みも伴うの？

「師匠、ずっと痛みがあるんですか？　それとも一時的に起きるものなんですか？」

『いつまで騙されてるのかなぁ？　ノル君はかわいいでちゅねぇ』

ダメっぽいな。問い詰めても本音を話してくれる気がしない。

どうしようもないことを伝えて、わざわざ落胆させる人じゃない。

僕はひとまず、死鎖呪についての質問をやめた。

『それよかさ～。オリヴィアを放置しすぎちゃう？　放置プレイはベッドの上だけにしてよ～』

「相変わらずで安心しました。僕は旅行で色々大変だったんですよ」

「聞きたい！　ワンナイトの話を主に！」

知ってるでしょ、僕がワンナイトできる男じゃないってことを！

冗談を交えつつ、僕は旅行の話をあれこれした。師匠は楽しそうに聞いてくれた。

だから僕は、ついエスのことを相談する。選択は間違っていたのかどうか。師匠は特に考えることもなく、フランクに言う。

『いつだって正解や間違いがあるわけじゃないよー。一般的には間違いでも、個人的には正義ってこともあるしさ。ただノル君と同じことしたと思うよ。冒険者オリヴィアが健在だったらね～』

「はい！」

僕は笑顔で頷《うなず》く。たった一言で喉元になんとなくあったつかえが取れた。

やっぱりこの人は僕の師匠なんだ。

絶対にまた来ると挨拶して、次は七層へ。【迷宮階層移動】を使って一発だ。

便利だが、一度使うと一時間ほど間隔を開ける必要がある。連続使用可能に改変は無理っぽい。

要求ＬＰが高すぎてね。

七層に来たのは、当然ドリちゃんに会うため。

緑が豊かな層を僕は移動して彼女を探す。

緑色の髪をした七、八歳くらいの少女を見つけて駆け寄る。

「ドリちゃん、元気だった？」

「ノルちゃん！　また来てくれたんですねー」

ドリアードだから一応は魔物になる。でも見た目は少女だし、中身も優しくて癒やしそのものだ。

ドリちゃんは僕の手を取ると、その場でくるくるとダンスでもするみたいに回る。

楽しいので付き合っていたら目が回ってきた。

「おわぁ……世界が回る」

「グルいのグルいの、とんでいけ～」

僕の頭をなでなでしてくれるドリちゃん。グルいって言うのか、癒やされますなぁ～。

僕はドリちゃんと森の中を散歩しながらのんびりとした時間を過ごす。帰る時間になると、ドリちゃんが何か大事なことを思い出したらしい。

「ずっと、ノルちゃんに言わなきゃって」

「何でも言って？」

「実はちょっと前から、たまに変な魔物が階層に現れるんです」

興味深いので詳しく訊《き》いてみる。

魔物と言っても人型っぽく、赤い馬に騎乗している。

人型は鉄の仮面をつけて剣を所持。

空間の歪《ゆが》みから突然現れて、しばらく周囲を窺《うかが》う。敵がいると判断するなり襲いかかるそうだ。

狼《おおかみ》の魔物が数体いたが、わずか数秒で斬り捨てられたらしい。

「ドリちゃんは平気だったの？」

「はい、わたしの方も見たのですが、すぐに興味なさそうに去って行きました」

見た目は幼い少女だから慈悲を与えた？　うーん、そんな考えのある魔物がこのダンジョンにいるだろうか。

単純に強い相手にだけ興味あるのかも。

とにかく最近になって現れるようになったと。僕のダンジョン攻略と何か関係があるのかな……。

「僕も気をつけるけど、ドリちゃんも近づいちゃダメだよ」

「気をつけますね」

僕は最後にドリちゃんの頭をなでなでしてから、ダンジョンを出た。

◇◆◇

すっかり夜になってしまった。

僕は自宅のリビングに小走りで入る。

家族はみんな、すでにご飯を食べ終えていた。僕はよく遅くなるので、帰ってこない時は食べていいと伝えてあるんだ。

「帰ってきたのねノル。今、ご飯用意するわね」

「僕も手伝いますよ、母上」

台所に行こうとすると、妙な視線を感じる。アリスだ。

なぜかキツい目つきをしていた。

「どうかした？」

「……別に」

アリスはぷいと顔を背けると、そのまま二階に上がっていく。

怒っているっぽい。あんな態度なんて滅多に取らない。いつもなら、率先して僕の夕ご飯を準備したりするのに。

両親や虎丸に、原因を尋ねてみたけど、誰も原因は知らないようだ。

まぁ、彼女だって機嫌の悪い日くらいあるよね。

そっとしておけば、明日には機嫌が直るだろう。

そんな甘い考えは、翌朝に否定されました。

起きて部屋を出たら、ちょうどあちらも出てきたので肩に触れて挨拶したんだ。瞬間、アリスがキレた。

「触らないでください！」

「ご、ごめん……」

「お兄様は勝手です。本当に、どうしてそうなんですか！」

「……ええと、何か悪いことしたなら謝るよ」

「本当にそう思ってますか？　それなら、もう家から出ないで安全な部屋にこもっていてください」

ええぇぇぇ、僕に引きこもりになれって？　アリスは相当ご立腹で、もうこちらとは目すら合わせてくれない。

何が不快にさせたんだろ……？　アリスが怒るなんてよっぽどのことだ。

朝食が終わるなり、彼女はさっさと学校へ行ってしまう。しょんぼりしながら僕も後を追う。

「おっはよー、ともに参ろうぞ～！」

エマが笑顔で道を走ってくる。ゆさゆさ。胸に目がいってしまう僕はまだまだ修行が足りないのか。

「どっこ見てんのっ。顔はこっちでしょ」

下に下がり気味だった僕の顔を持ち上げ、エマはニコニコする。アリスとは違ってご機嫌だ。

「ほら、ＬＰ貯《た》めよ」

「え、ああ、うん」

ぎゅううう。エマとの抱擁は日課だ。でも今日は随分と長かった。

嬉しいんだけど、道を通る人たちに見られまくるので少し恥ずかしいかも。

「アリスも、エマくらい機嫌が良ければいいのに」

「怒ってるの？　珍しくない？」

僕は力なく首肯する。頼むまでもなくエマは怒っている理由をあれこれ推測してくれた。

結論は、これらしい。

「きっと、ノルが危ないことばかりするからだよ。アリスちゃんは、お兄様に絶対に無事でいてほしいわけで」

その線が高そうだ。帰ってきた日は、もの凄く喜んでくれていたもんな。

冷静になると、また僕が危険を冒すと考えてあんな態度を取っているのかもしれない。

「タイミングを見て、話してみるよ」

「頑張れー、わははは」

「テンション高いね。聞きたい？　じゃ手でも繋ごうぞ～、子供時代みたいに」

お安いご用です。エマと手を繋いで登校する。機嫌良い理由は四つ葉のクローバーを見つけたからだそうで。

四つ葉を見つけると、好きな人と幸せになれる。

一部の女子の間では常識らしい。

「女性の幸せか……」

そういえば師匠にとって幸せって何なんだろう。一人の男性を愛し抜くみたいなタイプじゃない。

自由気ままに生きること？　なら、今の捕らわれの状態ってもの凄く辛いはずだ。

「エマ。大賢者使うけど、もし頭痛来たらお願いしていいかな？」

「まっかせなさい。それで、何を訊くの？」

「師匠を捕らえ続ける憎い鎖のことだよ」

大賢者——無限の迷宮でオリヴィアを捕らえている死鎖呪を壊したい。オリヴィアを殺さずに壊す方法は？

【十五層に存在すると思われます】

思われます？

大賢者、それはどんな仕掛けか教えて。

【わかりません】

ズキズキと少し頭痛がしてきた。

【大賢者】って難しい質問ほど、反動で受けるダメージが大きくなる傾向がある。

耐性なかったら強烈なやつだろうね。

しかもわからないのに、ちゃんと反動は来るってのが辛い。僕の表情を見るなり、エマが機敏に唇を重ねてくる。

おかげで痛みが和らいだ。いつもありがとう。

「だいぶ重い質問だったみたいだね」

「うん、でも手がかりは見つかった」

仕掛けまでは不明だけど、十五層にヒントがある。もっとも、思われる、なので確信には至らないけれど。

【大賢者】も完璧じゃないってこと。過信はいけないか。

ともあれ、次は十二層の攻略なので、十五層はそこまで遠くない。

ちなみに十二層には武器がいっぱい落ちていて……うっ、また頭痛くなりそうだから考えるのは放棄しよう。

さて、本日の学校生活は実に平凡なものだ。

「オラオラオラオラ！　走り込みが足りないわよ！　結局最後に頼りになるのは自分の体なの、一に体力、二に体力、三から千まで体力つけなさいな！」

エルナ先生のしごきは日に日に辛くなっていく気がする。

校庭をずっと走らされ、脱落していく人はケツを叩かれる。ようやく終わると、半分くらいは吐いていた。

次に先生は、弓矢と的を設置していく。

「短距離ダッシュして戻ってきたら弓を取って、的に当てなさい」

弓矢は遠距離攻撃ができる。

でも実際の戦闘では、走って逃げながら隙を見つけて射ることも多い。

一人ずつ、順番にやっていく。一人目の男子はまず短距離ダッシュして、息が上がったまま弓を持って矢を射る。

空に向かって矢が飛んでいく。的には全く当たらない。

もう一度繰り返す。今回は二回チャンスが与えられるのだ。

「0点。はい」

「ひい⁉」

ケツを強めに蹴られる男子。厳しい。けど、先生はそんな怖がる僕らに活を入れる。

「こんなの優しいもの。実際は、この一発で殺されることもある。気合い入れなさい！　次、ノル・スタルジア」

「はい」

僕は短距離ダッシュして戻ってくる。すぐに弓を拾って矢を番《つが》える。ふーふー、大丈夫。僕は落ち着いて射さえすれば、十メートル程度の的は外さない。いけ。

——命中！

「当たるんかーい！」

「ノルさん、こっそり修行しすぎ⁉」

「しかも的のど真ん中かよっ」

クラスメイトたちが心地よい騒ぎ方をしてくれる。褒められると照れますよねえ。

旅行に行った際に、僕が【弓術S】を取得したことは胸の内にしまっておこう。

エルナ先生もさすがに少し驚いているみたいだ。

「……一発でクリア。夏休みで、だいぶ成長したわね」

「色々ありましたからねえ……」

強い人、いっぱいいたし。

「そこに仰向けになりなさい、ご褒美よ」

逆らうことなんてできないので従うと、先生は僕の胸にお尻をボンとのせて、ぐりぐりと円を描くように動かす。

若干苦しいんですけど、これは本当にご褒美ですか⁉　――３００ＬＰを得た。

ご褒美でした！

男子からの嫉妬の視線と女子からの蔑視にどのように反応して良いかわからない。

顔の半分は笑って、半分は悲しむという需要のない芸を覚えました。

◇◆◇

ルナさんのお見合いの件をローラさんに伝えると、彼女も絶対に参加すると言い出して、妹役で参加することに決定した。

次の日曜日、僕とローラさんで上手くやらねば。不安しかないが、頑張っていこう。

報告を終えてから隠しダンジョンの攻略に移る。師匠のいる部屋の中にこっそりと入る。

今日は声が聞こえない。

辛いの我慢しているのかな。

『のぞきが趣味かな～。こっそり入ってくるなんて』

「バレてましたか」

『オリヴィア、ノル君の気配は敏感に感じ取っちゃう』

「師匠、僕は決意表明をしに来ました。貴方《あなた》を、絶対にその鎖から解放します。辛い時間を僕が終わらせます」

それが、僕の恩返しでもある。

このダンジョンに潜って、師匠と出会って、僕の人生は大きく変わった。

スキルをもらえたことも大きいけれど、ネガティブだった自分が少しずつでも前へ進めるようになった。

まぁ、臆病は直ってないけどね。

師匠はしばらく黙ったかと思うと、急にクスンクスンと泣き出した。

『生きてて……こんな嬉しいことって……ないよぉ。うえええん、うえええええん』

「……」

『びえええええん』

「ふざけてますよねえ？　せっかく僕が真面目に話したってのに」

『なははははっ！　だってぇ、あの弱っちかったノル君がさあ、いや今だってそこまで強くないのにさぁ』

はいはい、その通りでございますよ。

僕の成長速度はカメよりちょいマシかなって程度だ。

師匠ほど振り切れないからＬＰもそこまで貯まらないしさ。拗ねていると、師匠は打って変わって真面目な語調に整えた。

『本当は嬉しいよ。オリヴィアのこと真面目に考えてくれて。でもねノル君、オリヴィアが今一番望まないことわかる？』

僕は首を左右に振る。

『君が死んじゃうことに決まってるじゃん。ま、何が言いたいかって言うと、無理はしちゃいけませんことよ』

「了解です。元々、僕の性格知ってるでしょう？」

『うん、好きな子の情報散々集めといて、結局告白できずに他の男に取られて悔しいって部屋で泣きまくるタイプだよね』

「そこまで酷《ひど》くないですって！」

師匠がゲラゲラと笑う。この明るい声を聞いていると不思議と落ち着いてくる。

居心地はいいけれど、この辺で切り上げよう。鎖に繋がれた師匠を少し眺め、階層移動のスキルを使った。

以前、十二層に下りた時には武器が床に散らばっていた。その光景は変わらない。

師匠がいたような室内で、奥には取っ手つきの扉が一つだけある。あの外からが本番なんだろうが、あそこは武器を選ばないと開かないらしい。

そして武器が、うるさい……。

『キミ、また来たんだね。今度こそ僕を連れていってくれないかい？』

『ダメよ、あたしを連れていきなさい』

『抜け駆けはなしって話だろうが！』

『フチョヘラザ、フッチョンヘラミ！』

声音がそれぞれ違うからすごい。落ち着いた男性、若い女性、気が荒そうな声、そして意味不明な言葉。

武器は四十八もあるため、一つ一つ面談するのは大変だ。

僕が扱える武器に絞っていく。ま、剣か弓のどちらかがいい。

この二つだけでも十を超える。【アイテム鑑定眼】でも調べるが、全部スキルなしだ。希少性も特にない。

武器を一ヵ所に並べて、僕は問いかける。

「僕は気にくわなかったら壊す方針だよ。実際、今まで何十本も武器を壊してきている」

前に師匠にアドバイスをもらっていた。壊すと脅して従わせるのが良いと。

結構効果はあって、みんな口数が少なくなる。武器として使われたいけど壊されるのは嫌だ……って感じかな。

一本だけ、かなり気が強いのがいるけど。

『構わねえ！　おれはこんなところで腐るくらいなら壊れても使ってもらった方が本望』

言葉遣いは悪いけど、頼りがいはありそう。武器も癖のない両刃で、サイズも僕の体格にはぴったりだ。

「ドアを開けた先に何があるか知ってるなら教えて」

尋ねるとみんな素直に教えてくれる。

まず、魔物がいる。

これは定番だね。

他には特殊な罠《わな》なんかも多いらしい。中身については彼らも詳しくは知らないと。

「参考になるよ。なぜ、罠があるとかわかるの？」

『そりゃおれらはダンジョンに創られた存在だからな』

「ってことは、僕を裏切る可能性もあると」

『や……それは、違う。別に何かに肩入れなんかしねえし、恩もなけりゃダンジョンの本質も知らねえ』

戸惑いつつも、気性の荒い彼が答える。

まあ、嘘《うそ》はないのかな。気を許し過ぎない程度に使わせてもらうしかない。

僕は一番気になっていた気性の荒い剣を手にする。

『おれを選んでくれんのか⁉』

「剣は慣れてるし、サイズ的にもちょうど良い。何か僕に媚《こ》びすぎないのも良かったよ」

『おっしゃあああ！』

すっごく歓喜している。一応お世話になるので自己紹介しておく。

「僕はノルっていうんだ」

『名前なんてねえよ。何でも好きに呼んでくれ』

「名前がないので、ムメイでいこうかな」

テキトーだけれど、特に問題はないらしい。我ながらネーミングセンスはないな。

ムメイを握ったまま扉の取っ手を摑《つか》む。前はビクともしなかったのに、すんなりと開くから驚かされた。

彼らの話は本当だったんだな。

ドアの向こうは広くも狭くもない通路だ。一本道ではない。魔物は、今のところなし。

いつも愛用している諸刃《もろは》の剣は腰に装備しておく。

ムメイは正直、剣の性能としては並だからだ。

慎重に進む。二本に道が分かれているので、まずは右を選んでみる。

壁に沿うように歩いていると、突然ムメイが叫ぶ。

『おい、そこ嫌な予感がする』

「嫌な予感——うぇっ⁉」

突然何かに服を引っ張られた。誰だっ。焦って確認すると、壁から土色の腕だけが何本も伸びて、僕を引っ張っているのだ。

何これ、気持ち悪いっ。なんて叫ぶ余裕もない。

壁自体が特殊な素材らしく、妙に柔らかい。僕の体が壁の中に吸い込まれていく……。

「痛った……」

気づくと、僕は壁に囲まれた部屋にいた。壁の内側に入っていたようだ。地面が土なのが少々気になる。

試しに今通過した壁を確認する。結構固い。さっきとは性質が変わっている。本来、こっちが本当なのかも。

手持ちの武器に、名無しの大鎚《おおづち》がある。【砕石打】が入っている。

石像などは壊しやすい。これで壁を叩いてみたが、穴を開けることはできなかった。

『罠だな』

「やっぱり、そうなのかな」

『ほら』

もこもこ。もこもこ。

次から次に、地面から何かが出てくる。それは人型だが、普通じゃないのは体が全て土でできているってことか。鑑定しよう。

名前：マッドマン
レベル：189
スキル：肉体再生　肉体同化

再生はわかるけど、同化は？　他の仲間とするってことなのか、対象に僕まで含まれるのか。どっちにしても厄介ではあるな。

マッドマンのレベルは二百前後がほとんど。数は六体か。そして脱出するにも出入り口がないっていうね。

ピンチで焦る僕に、ムメイが活を入れる。

『ビビんな、おれを使って斬っていけよ！』

「でも再生できるんだ」

『関係ねえ、やれ！』

剣に怒られる僕って何なのさ。そう愚痴りたい気持ちを抑えて、僕はマッドマンに斬りかかる。

想像より、重いな。土とはいえ、固めてあるので硬度が高い。とはいえ、僕も腕力はそれなりにあるので一撃で相手の体を破壊する。

他のマッドマンが両腕を伸ばして、掴みかかってくる。

僕はバックステップで下がりつつ、一撃必殺で始末する。

捕まったら吸収される。そんな気がしてならない。

ようやく六体目を破壊した。そう思った瞬間、一体目と二体目が復活した。

うーん、スキルを破壊するしか手はないか。

【編集】で確認すると、破壊に必要なのは1200LPだった。

個体差はあるが、六体で約7200か。

僕の所持LPは8000以上はある。

いけるにはいけるけど、ここでLPの多くを使うのは痛いな。

幸いマッドマンは動きも遅いし、戦闘能力は低い。長期戦で疲れていなければ、基本は勝てる。

復活した相手を素早く地面に還す。その時、僕は違和感を覚えた。悪いものじゃない。土が軟らかくなった？

さっきより簡単に肉体を切断できたんだ。

『これだよこれ！　生きてると感じる！　武器は使われてなんぼなんだよーっ』

テンションマックスのムメイを鑑定する。

スキルに【強刃】があって僕は驚愕《きょうがく》する。どういうこと？　さっきまで何もなかったよね？

ともあれ、マイナスではないので、少し様子を見る。

倒しては復活を繰り返す。

またスキルを確認すると、今度は【破壊刃C】が付いている。一応調べる。


【破壊刃C】

〈物質を破壊する力が高まる。ただし刃が壊れやすくなる〉


十分有用だけど、刃が折れやすくなるのは困る。そして、やはりムメイは強くなっている。

敵を倒すほど強くなっていくのだろうか？

「ムメイは、相手を斬れば斬るほど強くなるの？」

『成長してる実感はあるな！　もっともっと、敵を斬りまくれ』

「そうもいかないんだ。少し考える」

スキルの影響でムメイがお亡くなりになるのは困る。しかも、この調子だとCから上になるかもしれない。

ひとまずマッドマンがうざい！　僕は【水玉】を放って相手を濡《ぬ》らす。土が水を吸収した影響か、動きがいくらか鈍くなる。

オッケー！　僕は室内を逃げながら、あれこれ思考する。

【強刃】で刃が強くなってはいるよ。でも限界はいずれくる。

編集して【破壊刃Ｃ】スキルを消すことはできる。

けど、またすぐ同じスキルを覚えるかもしれない。

というわけで、剣を強化する方向でいく。

僕は【耐久刃Ｓ】というスキルを２０００ＬＰで創り出す。

【付与】で、１２００ＬＰ要求されるが、躊躇《ちゅうちょ》はなかった。

これでもまだ、約５０００ＬＰは残る。

このまま敵を倒し続け、破壊力を上げたい。

ここの壁は大して厚くない。壊せるかもしれない。

無理だったら、【迷宮階層移動】が再使用できるまで逃げよう。

鈍重なマッドマンを倒し続ける。ムメイの成長速度は目を瞠《みは》るものがある。Ａまではあっという間だった。

頼りがいがあるけれど、同時に疑問も覚える。

この階層は武器を取らないと攻略できない。そして武器は強力。優しい世界なの？

何か裏がある気もするが、単にムメイが大当たりだったという可能性もある。

『すげえ、どんどん力が漲《みなぎ》ってくるのを感じるッ』

さて、Sまでアップした。対照的に僕のレベルはピクリともしない。

マッドマンを本質的に倒していないからだね。

「ムメイ、そろそろ壁を壊すよ」

僕はさっきすり抜けた壁に向かって、ムメイを大振りする。

ゴォオオン！

短く、でも低く重たい音がして壁が細かく砕けた。

やったよ大成功！　僕はさっさと外に出て先に進む。『こら、あいつらはまだ生きてるぞ！』

「いいの。あんなの相手してたらキリがないでしょ」

ムメイは不満らしくガーガーうるさいが、僕は無視する。少し進んだところで振り返る。追って来ないようだ。あの部屋から出られない体なんだろうか。

ま、僕としてはありがたい。

通路の真ん中を歩く。

さっきみたいに腕が伸びてきても嫌だし。

さて、三本に分かれた道にやってきた。

それぞれの道から妙な声が耳に届く。

呻き声のようなもの。獣のような咆吼《ほうこう》。やたら甲高い金切り声。

『どこ行っても敵は多そうだな、ワクワクだ！』

「僕はドキドキかな……」

君と違って、不安が勝っているよ。

どれか選ばないといけないのか。そもそもこの道が合っているとは限らない。

『早くしろ！　もう真ん中でいいだろ！』

「わかったってば」

ここはムメイに従って真ん中の道を選ぶ。通路は比較的明るいので、見通しは悪くない。

何もいないと思ったら、いきなり獣が走ってきた⁉

「グゥウウウ！」

ヒグマかっ。いや、ただのヒグマじゃないのは一目瞭然。

四足歩行で走るんだけど、背中に三本目の腕が生えているんだ。

ヒグマは巨体なのに足が速い。人間よりもずっとだ。そしてこの魔物も同じだった。

魔法を撃つ前に距離を詰められた。

毛に覆われた太い腕。これを目にもとまらない速さで振り下ろしてくる。

人間の顔や皮膚は脆《もろ》い。熊の爪に引っかかれただけで皮膚が大きく剝がれてしまうこともある。

こいつは、普通の熊の何倍も強いぞ。

僕は超安全策で剣では受けず、転がって避《よ》けた。

すぐに攻撃に転じ背中に斬りかかろうとして――三本目の腕が機敏に動いて、僕は腕を引っかかれた。

一旦、下がる。

皮膚から血が流れてきちゃったけど、傷は浅い。癖で、不用意に攻めたのが良くなかった。

『ひょー、いい相手じゃねえか』

そう、背中をカバーできるから思い切り突っ込めるのだ。普通に強い。

そこで【石弾】と【白炎《はくえん》】を【魔法融合】させて撃ち出す。

炎に包まれた石が魔物に直撃する。石のダメージもあるし、毛に引火した。

この炎は結構しつこいよ。

熱さに耐えきれず、魔物は走り回っては通路の壁にぶつかりまくっている。あとは待てば勝てる。

『――斬れえええ！　おれを使えええええ！』

「待てば勝てるんだよ」

『ふざけんな、斬って勝たないと意味がねえんだよ。斬れ斬れ斬れ斬れ斬れ斬れ斬れ斬れ斬れ』

う、うるさっ。でも叫び方が異常で威圧感がある。

剣も強化できることだし、隙を見て僕はヒグマに攻撃した。

首を上手く捉えて、あっけなく勝負は終わる。

ムメイを鑑定すると【火炎刃】を覚えていた。

本当に、どんどん強くなっていくな。

【火炎刃】は持ち主依存らしい。握っている人の魔力を通じて炎を生む。

意思一つで燃やすことができるので、かなり強力だ。

『いい感じだ。お前は最高の相棒かもなノル』

「あんまり叫ばないでほしいけどね」

『さっきはごめんな。でも倒せば倒すほど、お前も楽になるだろ?』

一理ある。

僕も強化していくのに抵抗しているわけじゃない。危険を冒してまではやりたくないってだけだ。

さて、この道は行き止まりだった。

引き返して別の道を進む。

そちらには人型の魔物が一体いたけど、雑魚《ざこ》だったので瞬殺。

ここも行き止まりなので、最後の道を選択する。

甲高い声を上げる赤いカラスがいた。レベルは50ほどで、特殊なスキルもない。

飛び回って、嘴《くちばし》で突《つつ》いてくるだけだ。剣を火炎に包んで反撃しようとするが、思いのほか逃げ方が上手い。

そして勝てないと理解するや、逃げようとする。

『当てるだけでもいい！　おれを投げろ』

「了解」

僕は燃える剣を飛行中のカラスに投擲《とうてき》する。

投げ方を少しミスって、剣が回転しまくっている。

それでもカラスの翼をちゃんと斬れた。

引火の力もすごくて、翼も本体も焼死体と化す。ムメイが実感を込めて言う。

『また……成長できた……気がする』

本当だ。【斬撃波】を覚えている。

こちらも持ち主の魔力を使って、切断できる風を発生させる。

試しに使用してみる。剣の振り方に合わせて技が飛ぶ。

魔力の調整で、ある程度は強弱をコントロールできる。弱めなら五メートルくらい。強めだと二十メートルほどになるか。

有用性はだいぶ高い。魔力が尽きない内は、遠い位置から一方的に攻撃できるのだから。

能力的にはだいぶ前進している。

ところが、階層攻略は違う。ここもまた行き止まりだったんだ。

「ってことは、最初の分かれ道まで戻らなきゃなのか」

あそこから間違ってたってのが、結構応える。最初の二つに分かれていた道まで戻り、今度は反対側へ。

こちらも構造的にはほとんど同じ。また道が三つに分かれていた。
しかも、そこにいた敵はさっきと全く一緒だった。
【斬撃波】で遠くから攻め、楽々倒す。慣れもあるが戦闘自体はイージーだ。
しかし、行き止まりまで同じなのでゲンナリする。
「隠し階段があるってことかな」
『だろうなー。もっと強い敵がいりゃ嬉しいんだが』
僕は剣先で壁を軽く叩きながら移動する。
コッ、コッ、コッ、キン、キン。
明らかに音が変化した場所がある。そこの壁を剣でぶっ壊す。
この階層の壁は、大して厚くないのだろう。スキルの力があれば、結構簡単に壊れる。
空いた穴から奥が覗《のぞ》ける。
壁際に石の台のようなものが置かれてあり、そばには木製の立て札がある。
それ以外は何もない。生物の気配はない。罠に気をつけつつ、中に入る。
成長した武器を台の上に納めろ、と書いてあった。
「これってムメイのことだよね？」
『ここまでってことかね』
「ただ、階段がないんだよ」

『おれを置けば出てくるんじゃねえのか』

そうかもしれない。石台は長方形で、武器一つくらいなら余裕で置ける大きさがある。

他に怪しい場所もないし、試しにムメイを台の上に寝かせてみた。

『お、合格みたいだぜ。じゃあな』

「え？」

ムメイが別れの挨拶をした瞬間、石台の中に剣身が沈んでいき、すぐに見えなくなった。

吸収された？　息をつく間もなく、奥の壁が動き出す。

左右に開かれると、その先には通路がある。

そのすぐ先に、下層に通じる階段が口を開けていた。

「クリアってことか……。でもムメイが……」

せっかくあんなに強くなったのに。

いや、強くしないと道が開かなかったのかも。きっと石台に乗せて審査されるんだ。成長の度合いが低ければ、壁が開くことはないと。

マッドマンみたいに再生し続ける相手もいたし、この階は武器を成長させるためだけの階だったよな～。

うっ……何だか嫌な予感がするんだけど。

不安を抱えながら僕は階段を下りる。

鉄の壁と天井。真っ直《まっす》ぐ一本道。通路内は薄暗いが、道の終わりに強い光が確認できる。

通路の先は、開けた場所となっているようだ。

闘技場だろうか？　ザワザワと、大勢の人が集まっているような音が届く。

もちろん、本物の人間である可能性は低いだろう。

「今日はここまで、かな」

体力も消費しているし、無理はしないでおこう。

スキルで一層に戻り、ダンジョンを抜け出した。

5話　お見合いと闘技場

平日に隠しダンジョンに潜ると、帰りは夜になることも多い。

月明かりを背中で受けながら僕は自宅へ急ぐ。

町を移動中、酔っ払いがやけに目についた。

今日はいつもより酔っている人が多いな。

「ただいま、帰りましたー」

ギリギリ夕飯に間に合う時間だ。急いでリビングに入ると、テーブルにある料理に手はついていない。

間に合って良かった。そう思ったが、アリスだけがいないことに気づく。

「アリスは上ですか？」

「それがさ～、まだ帰ってこないんだよ。アリスにしては珍しいよな」

父上が心配そうに言う。母上と虎丸も少し心配そうな表情を浮かべている。

アリスは夕食の手伝いをすることも多い。この時間まで外にいるのは確かに珍しいな。

「父上、アリスの着替えなど覗《のぞ》きました？」

「やるわけないよねえ！　娘をそんな目で見たことなんて一度もないからね！」

「そうですか。では、父上と同じ風呂に入るのが嫌になり……」

『可能性あるな』

「ないから！　遅い原因は俺じゃないからっ。他にあるだろ、たとえば好きな男ができて、そいつとイチャつきながら帰るとか——剣はどこだあああ」

父上が勝手にキレだして剣を探しにいく。

アリスだって年頃だし、斬りかかるようなことじゃない。むしろ喜ぶべきことかも。

ただ本当にそうなら……ね。

「僕が捜しにいきます。きっと原因は、僕ですから」

アリスは不機嫌だった。僕に対する不満があるのは明白だった。

虎丸が一緒に捜しにいくと言ってくれたが、僕は首を振って断る。

少し二人きりで話したいことがあるんだ。

アリスの本音を聞き出したい。

僕は急いで外に出て、アリスが行きそうな場所を当たる。広場、公園、ショップ、学校。

三十分くらい捜したが、アリスの姿は見つけられなかった。

夜の八時前ということもあり、大通りは人が多い。この中から自力で見つけるのは難しそうだ。

【大賢者】を使うしかないか。アリスの位置を尋ねる。

【東に230メートル進んだところにいます】

近い⁉

急いで移動すると、すぐにアリスを発見できた。でも一人じゃなかったので僕は戸惑う。

ガラの悪そうな三人の男と一緒なんだ。

「ちょっと待ってよ……グレちゃったの……！」

軽く泣きそう。けど、よくよく見るとアリスは浮かない様子だ。

もしや、友達ではない？　兄というひいき目をなしにしてもアリスは可愛《かわい》い。町中でナンパされることもしょっちゅうだ。

そこで、僕は彼らを尾行する。

ひと気のない通りにある小さな酒場っぽいところに四人で入っていく。

「ここ営業してないよな」

看板は出ているけどボロボロ。多分、潰れた店なんじゃないかな。

こんな場所はアリスに似合わない。僕はドアを開ける。

テーブルやらカウンターやらあって一見普通の酒場だ。でも中にいるのが、ガラ悪すぎ〜。

さっきの三人以外にも五、六人いる。女性もいた。

「何だ坊ちゃん？　ここはお前みたいな子が入るところじゃねえぞ」

二十代くらいの男が、ヘラヘラしながら僕の前に来る。

「お兄様⁉」

アリスが、こちらに気づいた。

「君の兄ちゃんなの？　似てないね～」

すませんね！　僕は妹みたいに透き通った肌や瞳はしていませんよっ。

まあ彼らには反応せず、僕はアリスに問いかける。

「もう夕飯の時間だよ。何でこんなところに来たの？」

「あの、この人たちに無理やり……」

やっぱりそうか。三人いたし、どうせ逃げ道塞ぎながら連れ出したんだろう。

チラリと僕はカウンターテーブルに視線を送る。そこには頭の働きを鈍くさせる作用のある葉っぱがあった。

多少強引だけど、僕は進んでいき、アリスの手を摑《つか》む。

「帰ろう」

「おっと、そういうわけにゃいかないね」

男たちが囲んでくる。簡単には逃がさないってわけだ。鑑定してみたら、意外にも強い。レベル50を超えている人もいる。

肝心なのはスキルだが、二、三人はそこそこ優秀なものがある。いっぺんに襲われたら負けるかもしれない。

「お前さ、学生？」

「英雄学校の生徒です」

「は？　マジ？」

一同が驚いている。英雄学校は貴族やエリートの通う場所なので、貧乏くさい僕がそこの生徒だとは想像もしなかったみたい。失礼な。

彼らは疑った目をしつつ、ランクなどを訊《き》いてきた。

「Sクラスに通ってます」

「はいウソー！　お前みたいなのが、入れるわけありません〜」

「ウハハハ、ウソはもうちょっと上手《うま》くつくんだったなー！」

ゲラゲラと腹を抱えて嗤《わら》っている。

紛れもない事実なんですけどね。

僕はバカにされるのは慣れている。流すつもりだ。けどアリスが怒りだした。

「本当です、お兄様はSクラスの中でも特に優秀なんです！　バカにするのはやめてください！」

「……ふうん。じゃあ、試してやるよ」

男の一人がテーブルにあった果物を二つ取る。どちらもリンゴだ。

彼はドヤ顔をしたかと思うと、片方をぶしゅぅぅと握りつぶした。

リンゴの果汁が手を伝わって床にポタポタと落ちる。もったいないな。

男は残るリンゴを僕に渡してくる。周りの人たちもニヤニヤしている。

「英雄学校の生徒なら、この程度楽勝だよなァ?」

「はい、楽勝ですよ」

ぶしゅり、と。

相手よりも時間をかけずに、完全に潰して見せた。

僕はローラさんみたいに元来腕力に恵まれた方じゃないけど、この程度は楽勝だ。

毎日剣を握っているんだ。できて当然だよ。

まあ、男たちも驚いたりはしない。ふーん、やるじゃん? みたいな感じで解放してくれる様子はない。

「兄ちゃん、これで軽く打ってみようや」

木刀を渡された。

本物の剣だと殺人事件にもなりかねないため、これで実力をはかりたいみたい。否、僕をボコってアリスと仲良くしたいんだろう。

ちなみに、木刀を渡してきた相手は剣術のスキルがある。Cだけどね。まあ、自信があるんだろう。

「下がってて、アリス」

「わたしのために、ごめんなさい……」

「大丈夫。妹を守るために、お兄ちゃんってのは早く生まれるんだよ」

頭をポンポンとしてから、僕は構えを取る。
他の人たちがテーブルやらをどかしてスペースを作ったので、一対一で向かい合う。

名前：カナカリ・トーラー
年齢：22
種族：人間
レベル：63
職業：幻草売人
スキル：剣術C　フロントステップ強化

今の僕には強敵ってわけじゃないが、まだ若く、冒険者でもないのにこれは優秀だ。
売人なんてやらず真面目に生きれば、成功だって夢じゃないのに。
彼は木刀の先を天井に向けたかと思うや、突進してくる。
すご……一足で間合いを詰められた。【フロントステップ強化】だろう。
とはいえ、太刀筋は結構甘い。僕は冷静に一撃を受け流す。
「おわッ」
男は前掛かりになりすぎていたため、流されると体のバランスを崩した。

隙だらけだったので、手を木刀で強めに叩《たた》く。男は痛みで手を開き、木刀を落とした。

「これで実力は認めてもらえました？」

「あぁーあ、何だか真剣でやりたくなってきたわ」

木刀じゃ緊迫感が足りない。俺は本物の剣でこそ本領発揮できるんだ。そう言いたげで、周りも煽《あお》りだした。

さすがに、これ以上付き合う気はない。

【爆裂】を創って、木刀に【付与】する。

一見唐突に爆裂した木刀に対して、彼らが目を丸くして焦り出す。

「何が起きた⁉」

「なぜひとりでに木刀が……！」

「やったのは僕です。これ以上、無駄な時間を食いたくなかったので。僕は魔法が得意です。特に爆発系のものが」

僕は感情のない、冷徹っぽいキャラを演じる。

相手を見下したような目を意識して、淡々と話す。

「剣で構いませんので、やりますか？　ただ頭を、その木刀みたいにしますけど」

「……俺はちょっと、急に腹が痛くて。お前、やる？」

戦意を失った彼は、周りの仲間に代わりに闘ってくれとパスするが、誰も受け取る様子はない。

「じゃあ、そろそろ妹と帰りますね。構いませんよね？」

「どうぞどうぞ……」

全員、打って変わって優しくなったので、僕もニッコリと笑顔を浮かべて店を出る。

そして、アリスに怪我《けが》はないかチェックする。特に乱暴はされてなくて安心した。

「お兄様、ご迷惑かけて……」

「迷惑じゃないよ。それより、遅かったのは彼らに絡まれたから？」

「いいえ、ローラさんに少し相談事があって」

「ローラさんか。どんな内容？」

「そ、それはちょっと」

僕はバカだ。年頃の女子の悩みを平気で話させようとするなんて。

こういうところのせいで、最近アリスも冷たかったのかも。気をつけないと……。

ともあれ、両親や虎丸も待っているので帰路につく。

移動中、なぜか気まずかった。無言の時間が長い。前はこんなこと、あまりなかったのに。

自宅近くまで来たところで、僕はアリスに謝っておく。

「最近、何か気に障ることしちゃったかな。だったら、ごめん」

「違います！　お兄様は何も悪くありません！　悪いのは全部、このアリスなんです」

アリスが切なそうな表情で強く訴えてくる。

真意を教えてもらいたいのに、自宅の方角から虎丸に乗った父上がやってきて中断される。

「いたっ！　いたぞ虎丸！」

『うむ、無事だったようだな。何よりだ』

「アリス、多分俺が悪かったんだよな？　靴下が臭かった？　風呂が汚かった？　お父さんを見捨てないで！」

勘違いした父上が道ばたで謝り倒して恥ずかしいので、僕らは他人のフリをして自宅に急いだ。

外では、父上は他人という設定でいこう。

帰宅後は、中々二人になるタイミングがなかった。

よって、真意は聞き損ねたままだ。残念。


——早朝。

僕は妙な気配を感じ取って起きる。

「……アリス？」

アリスが窓の外を眺めている。横顔が見えるけれど、結構切なげだ。

「こんな朝から、起こしてごめんなさい」

僕は首を横に振りながらベッドから出る。そうか、昨日の話の続きをしたいのだろう。

「昨日の話だね」

「……はい。わたしがお兄様に怒っていた理由を話します。単純な話で、もうお兄様に危険なことをしてほしくない感情からでした」

アリスは元気がない様子で、正直な気持ちを話してくれる。

旅行先で一人残り、危険な相手と対峙《たいじ》したことが一番心配をかけたようだ。

一歩間違えれば死ぬ。だからもう二度とやってほしくない。そう考えていたら、危険なことばかりする僕に少し腹が立ってしまったらしい。

「ごめんよ。確かに僕は危険なことばかりしてるね……」

「いいえ、お兄様は悪くありません！　結局わたしはただ、ダダをこねているだけでした。昨日ローラさんと話してわかりました」

ローラさんが、色々諭してくれたようだ。ありがたい。

「お兄様にはお兄様の人生があるんですよね。それが危険を伴うことでも、その先に大きなリターンがある。そうでしょう？」

「だね。今は強くなりたい。それに隠しダンジョンを攻略したい気持ちも強いよ」

僕は基本臆病だ。それは今でも変わらない。人間ってやつは簡単には性格改善とかできないようになっているらしい。

ただね、師匠やダンジョンに出会って、冒険心が大きく育った。

父上も昔はそうだったらしい。

血なのか、男として順調に成長しているのか。そのどっちもかもね。

「応援します。お兄様なら絶対一角《ひとかど》の人物になれますもの。……それと、今までの謝罪をさせて、ください」

謝罪なんていいのに。

僕がそう言いかけるより先に、アリスはスカートの裾をつまみ上げる。

はい？　そんなことをしたら、当然下着が丸見えになる。

うん、今日は可愛らしいピンクのパンティだね、素敵だと思うよ——なんてコメントできるわけなーーい！

「ア、アリスが、おいたして、ごめ、ごめんなしゃい……」

真っ赤っかの顔を背けながら、アリスがかみかみで言う。

この光景、見覚えがある。そう、ローラさんだ。

「まさか、これもローラさんに……？」

「お兄様に謝るときは、こうするといいって」

「間違った情報なんだよっ」

「で、でも、ＬＰも貯《た》まるからって」

貯まってるぅうううう⁉　しかも６００ＬＰも！

これローラさんの時より効果あるんじゃないか。

LPの確認はできたので、僕は急いでアリスのスカートを下げる。

羞恥心に染まった顔で上目遣いをするアリスを部屋に帰して、二度寝をさせておいた。

やれやれ、ローラさんにはキツく言っておかないと。

◇◆◇

日曜日の午前中はのんびり過ごすことが多い。

でも今日は庭で一生懸命、剣を振っている。

僕は師匠からもらった能力で自分を強化することが多いけど、最近自力で取得したスキルがある。

【剣術C】だ。

ずっと剣を振り続けてきたおかげだろう。

逆に言えば、ここまでやらないと武術系のスキルはつかないと。

いかに【創作】が強力かって話でもある。

今まで出会った強い仲間を尊敬する。普通、強さってのは一朝一夕には手に入らないものなのだ。

僕も剣の振りがいくらか鋭くなった自覚はある。剣術は自力で上げていきたいな。

どこか努力する部分は残しておきたい。

スキルだけじゃ補えない勘みたいなのもあるし。

とはいえ、十三層は闘い必須だろうから【フロントステップ強化】【サイドステップ強化】の二つを取得しよう。

接近戦で有効で、逃げる際にも役立つ。

３００ＬＰと２００ＬＰで５００ＬＰを消費する。

「お兄様、ローラさんとルナさんがお見えになりました」

「うん、今準備する」

汗まみれの服から着替えて玄関へ。

いつも通りのローラさんと、あまり元気のないルナさんが並んで立っていた。

「おっはよ～ございます～。今日もノルさんは可愛いですね」

「かっこいいって言ってもらえるよう頑張ります」

「かっこいいですよ」

ローラさんは男性を立てるのが上手だよね。さすが人気受付嬢。

受付嬢としての成績は、最近はトップを張っているらしい。彼女の喜ぶ顔が見たくて、担当の冒険者たちが死に物狂いで頑張っている。

でも本日の主役は、ルナさんの方だ。

「緊張してますか？」

「う、うむ。お見合いみたいなのは、あまり得意じゃなくて」

「僕らがサポートします。行きましょう」

サポート。

お見合いが上手くいくように手伝いする――ではない。むしろ逆で破談になるように頑張るってこと。

恩義のある人の紹介だから嫌々受けるだけなんだ。

三人で待ち合わせの場所に向かう。

貴族御用達《ごようたし》の高級料理店の前に十一時集合。

十分前に僕らは到着した。

「ここって、貴族でも予約待ちなんですよ。今日はお腹《なか》いっぱい食べましょうよ」

ローラさんが僕に腕を組んでくる。めっちゃハシャいでる。

「ダメですよ、目的を忘れちゃ。僕らは、ルナさんがいかにダメな人かを力説しなきゃ」

「はぅ……それはそれで、胸が痛いような」

「作り話ですから」

そう、この日のために、僕とローラさんは何回か打ち合わせをしている。

男を幻滅させる女の行動について、討論を重ねたってわけだ。

約束の十一時ぴったり。馬車が道の真ん中を走ってくる。

それは店の前で止まり、中から二人の男性が出てくる。一人は壮年のおじさん。

そして、二十半ばくらいの男性。

身なりのよいおじさんが、僕らの前にやってきてつま先から頭のてっぺんまで観察する。

品定めするような目つきは、いかにも商人って感じだ。彼はすぐにルナさんに視線を集中させた。

「君がルナ・ヒーラーさんだね？」

ルナさんが首肯すると、息子らしき人が奇声を上げながら駆けつける。

「ホォオオオ！　エルフだ！　耳が尖《とが》ってる！」

彼の興奮ぶりは異常で、その場で三十回くらいジャンプして喜んでいる。

動きが怖い。率直に。

でも顔は、決して悪くない。スタイルも太ったりはしていない。

これでお金持ちって条件なら、靡《なび》く女性は普通にいそう。

「私はジョナサンだ。トーリル商会の立ち上げに関わった内の一人だ。こちらが息子のソパンだ」

「ソパンだよ。今日はよろしく。それはそうと、こんなとこで立ち話も貧乏くさい。パパ上、みなで中に入りましょう」

パパ上⁉

パワーワードに僕は吹き出しそうになる。

隣を見るとローラさんも鼻をひくひくさせている。

……絶対に笑うことは許されない。

僕は自分のお尻をつねる。ローラさんは息を止めることで対応するようだ。

「ぶくぶく……」

白目剝《む》いてまで我慢しないでくださいよっ。

「君たち、何をやってるのかね？」

「な、何でもありませんパパう……ジョナサン様！」

危うくパパ上と言いそうになった。感染力とんでもないな。

出鼻をくじかれた形で僕らは高級料理店に入る。品のありそうな従業員が部屋に案内してくれる。

室内は座敷で、部屋の中央に長いテーブルがあり、飲み物だけが置かれていた。

これから料理が運ばれてくるのだろう。

僕らは向かい合うように座る。うっ、僕が緊張してどうする。

「聞いているかとは思うが、息子は現在嫁探しをしている」

「パパ上！　これは僕のお見合いなんだ。僕に仕切らせてくれ」

「そ、そうか。ならば黙っていよう」

ソパンさんの見合いにかける想《おも》いは本物のようだ。意気揚々と自己紹介をし始めた。

「このソパン、従順で貞淑な嫁を探している！　条件はずっと美しいこと、そして僕を愛し続けること」

正直すぎて、ルナさんがかなりドン引きしている。

さらに誰も訊いていないのに、自分の経歴なども話し始めた。

十五歳から商人の仕事をするようになり、現在はだいぶ稼いでいるみたい。

財力アピールで、ルナさんを口説きまくる。

「ルナさん。聖女として働く時点で性格は問題がない。見た目も誰が見ても美しい。そしてハーフエルフならば歳《とし》を取らない。貴方《あなた》は完璧なんだ」

「お言葉だが、エルフも歳を取る。見た目の変化が人よりは遅いというだけだ」

「僕が生きている間は、美人のままのはず！」

それはたぶん、正解だ。

エルフの血が入っていると、百歳でも余裕で二十歳くらいの見た目を保つと言われている。

ルナさんがうんざりした様子なので、僕とローラさんが動き出す。

「姉様が従順？　僕の知らない姉様の顔があるのだろうか……」

「私もお姉様が貞淑だなんて信じられないわ。昨日だって、私やノルを虐《いじ》め倒したばかりなのに」

ソパンさんとお父さんが一瞬固まる。

まだまだ続ける。

「あっ、これ以上はダメよノル。今日はお見合いなんだから」

「でもさ、本当の姉様を知ってもらうのも大事だよ。姉様はいつも家では食っちゃ寝ばかりだ。それに男の人の出入りも多い」

「男の人だと⁉　ノル君、それはどういう意味かね？」

ソパンさんよりもお父さんの方が食いついた。

そこで僕は口から出任せを言う。

ガラの悪い男たちがいつも大量の葉っぱを手に家にやってきて、部屋で姉様と怪しいことをしている。

他にも近所の酔っ払いオヤジも出入りしている。

終《しま》いには指名手配されていた男がやってきたこともある。

さすがにこれにはお父さんだけじゃなく、ソパンさんも顔色を変えた。

「ルナ、さん。それは本当なのかい？」

「いっ、いやっ、それには事情があって」

ルナさんの演技は固い。正直大根役者と言っていいだろう。

けど、それが逆に効果的に働いている。動揺しまくっていると相手は受け取るからだ。

「姉様、僕はいらないことを言ってしまいました。謝ります。だから後で、撃たないでください」

「撃つ⁉　まさか、その魔法銃で弟を撃つと？」

目を大きく見開くソパンさんに対して、僕は哀《かな》しみの表情を意識しながら話す。

「撃つと言っても、姉様は最後は【ヒールショット】で回復してくれます。だから怪我は治るんです。ただ、姉様は人が痛がるところを見たいだけなんです」

ここで、ローラさんが僕の口を手で塞ぎにくる。

これ以上余計なことを口走るなとばかりに。

その様子を見て、ソパンさんは言葉を失う。

人々を無償で癒やす聖女のイメージとはかけ離れているからだ。

お父さんの方が、少し怯《おび》え気味にルナさんに訊く。

「本当に、弟や妹に暴力を働いているのかね？」

「わ、私はそのようなことは……しているような……していないような……」

両手のひとさし指をツンツン合わせて、ごにょるルナさん。

この態度から全てを読み取ってくれたお父さんは、激怒して立ち上がる。

「何という女だッ。このような嗜虐《しぎゃく》心に溢《あふ》れた女など言語道断。この度の話はなかったことにさせてもらう！」

素晴らしい判断です、お父さん。僕とローラさんがニッコリする。

だが出て行こうとするお父さんとは対照的に、ソパンさんはその場を動こうとしない。

お父さんが声をかけるも、泰然とした様子だ。

「パパ上……確かに一連のルナさんの行動は問題あります。しかし、僕に暴力を振るわなければオールオーケーなのでは？」

とんでもない強者きたーーーっ！

これには僕らも開いた口が塞がらない。

もちろんお父さんも顎を外しそうな勢いだった。

「聖女でありながら裏では暴力女。そういうギャップがある方が僕は燃える。人って、裏がある人の方が魅力的なんだ」

まずい。

ソパンさんの好意がさらに膨らんでいく。

ローラさんがすかさず抑えようとする。

「お姉様は近しい人に暴力を振るいます。ソパン様だけがその対象から外れるとは考えにくいです」

「そこは金の力で」

「お姉様は金では動きません！　お姉様を動かすのはいつだって理不尽な嗜虐心なんですよ！」

何てセリフなんだ。事実でもないのにルナさんがヘコんでいる。

そして彼も謎の自信があって、不思議なことに自分にだけは暴力の代わりに愛を注いでくれると信じている。

意味がわからないよ、この状況。

「二人きりで話したい。僕は自分の勘を信じる。君はそんな女じゃない」

あぁ、そういうことか……。ソパンさんは見抜いているんだ——僕らの嘘《うそ》を。

もしかしたらお父さんより、嘘を見抜く目はあるのかもしれない。

僕だけじゃなく、ルナさんもそのことを悟ったようだ。

「ノル殿、ローラ、もう大丈夫だ。最初から私が素直になれば済む話だった」

茶番はやめるらしい。ルナさんは、ソパンさんの目を真っ直《まっす》ぐに見つめながら本心を吐露する。

「貴方と結婚するつもりはない。私は恩人の頼みで、断り切れなくてここに来たのだ」

「それはどうでもいい。恋人は？」

「い、いや、特には」

「なら今は結婚なんて考えなくていい。僕はアタックし続ける。毎日でも通うよ。君の心を絶対に落として見せる」

あー、これは一番いけない展開だ。

男は追いかける恋愛が好きな人も多いけど、彼もそうなんだろう。

情熱がすごいので、しばらくはルナさんにつきまとう可能性がある。ルナさんもローラさんも打つ手なしといった感じだ。

そこで、僕が最終手段に出る。一応、ルナさんに耳打ちをして、これから行うことの許可を取る。

丸をもらったので、行動に移していく。

「ソパンさん、彼女は本当の姿をスキルで隠しているんですよ。今からお見せしますね」

醜顔　２００ＬＰ
これを創り出し、ルナさんに付ける。要求ＬＰは８００ＬＰと高い。

これはルナさんが美しいがゆえにつり上がっていると考えていいだろう。

合計で1000LPというのは決して安くはない。

最後まで使いたくなかった理由の一つはそれだ。

もう一つは、一時とはいえ、女性の顔を悪い方に変化させるのは心苦しいってことだね。

「何てことだっ……」

ソパンさんが頭を抱えてショックを受ける。

ルナさんの美しい顔立ちがまるで変化してしまったからだ。

茫然自失《ぼうぜんじしつ》の彼に、僕は静かに告げる。

「彼女を愛し抜けますか？」

「……帰るよ。騙《だま》されたとは言わない。目利きのできなかった僕が悪い」

意外にも話がわかるし、素直だ。この人、将来すごい人になりそうな気すらしてきた。

ちょい質問をぶつけたくなったので僕は呼び止める。

「もし最初の顔が本物だとして——事故で今の顔になったら、ソパンさんはどうします？」

「僕は別れるよ」

「見た目が全てなんですか？」

「そうは言わないが外見も魅力を構成する大きな要素だ。君だって優しかった彼女が乱暴になったら別れたくなるだろう？　それで別れるのは非難されないのに、なぜ顔だと非難される？　顔も含めて好きだったんじゃないか。僕は偽善っぽいのが嫌いでね。それじゃ」

彼は堂々と自分の意見を述べた後、お父さんを連れて去って行く。

少し頷《うなず》かされそうになる部分もあったが、僕はソパンさんとは異なる考えだ。

彼は二人が培ってきた関係性や愛情を全く計算に入れていない。

人は物にだって愛着を抱ける。

対象が人であればさらに強いものが生まれるだろう。

好きになった人の容姿が変わっても、一緒にいたい。僕はそう思う。

青臭いって笑うひともいるだろうけどね。

さて、すぐに【醜顔】を【編集】で壊す。要求ＬＰは３００か。お見合い断るのに１３００ＬＰ消費って高いよなぁ。

ルナさんの顔が元の美しいものになった。

顔が良くても悪くても、背が高くても低くても、こういった外見に関するスキルは普通入っていない。

【創作】で無理やり創り出して、貼り付けている。

現実を変えてしまう力であり、やっぱ強力だなと改めて思う。

「だいぶＬＰを消費したのではないか？」

申し訳なさそうな顔をするルナさん。

「いえ、大したことありませんよ。報酬もソパンさんたちから頂けそうですし」

彼らは帰ったけれど、料理はちゃんと運ばれてきたのだ。

僕らに食べさせてやってくれとお父さんが従業員に伝えたらしい。

ご馳走《ちそう》になります！

「ノルさん、エビですよエビ！」

「食べましょう」

おごりということもあり、夜の分まで食べる勢いで僕らは手や口を動かしていく。

おいひい、と感想を漏らしたくなる。

蒸したエビも、唇でかみ切れそうな柔らかい肉も、取れたて新鮮な刺身も最高だ。

食事を堪能《たんのう》、お腹パンパンにして僕らは店を出た。ローラさんがお腹をさすりながら卑猥《ひわい》なことを言う。

「ノルさんに、孕《はら》まされちゃいました」

「やめてくださいよー」

「うふふ、そうしたい時は言ってくださいね」

こんな会話をしていると、ルナさんが立ち止まって真面目な顔をする。

「お見合い中、ずっと感謝していたんだ。確かにお金も大事だが、それ以上に大切なものもある。そして私は、それをもう手に入れている」

僕とローラさんが親指を立てる。

ルナさんもそうする。困った時はお互い様って精神、僕は好きだよ。

「二人は何か悩みはないのだろうか？　お礼に私も手伝いたいのだが」

「うーん、私は特にないかなー。強いていうならお化粧のノリが最近悪いくらい」

お化粧しなくても十分綺麗《きれい》だけど、そういうわけにはいかないのかな。

まあ受付嬢の中には、化粧は女の武器だとまで言い切る人もいる。僕には少し難しい感覚だ。

「ノル殿は？」

「僕は悩みってわけじゃないですが……どうしても叶《かな》えたいことが一つあります。師匠を救い出したい――」

隠しダンジョンに捕らえられている師匠が、今も苦しんでいる。

十五層にいけば解決のヒントがあるかもしれない。

だから僕は是が非でも強くなりたい。

そんな思いをつい熱く語ってしまった。二人は真剣な眼差《まなざ》しで最後まで話を聞いてくれた。

「私にできることがあれば、いつでも助力する。ノル殿なら今回の困難も乗り越えられる」

「私もそう思います！　最強に向かって走って行くノルさんを陰ながらサポートしますね」

「頑張ります！　僕は絶対に師匠を助けてみせますッ」

今回の問題は、もしかしたら今までで一番の困難かもしれない。

だとしても、諦める気は毛頭ない。
待っていてください師匠、必ずやり遂げてみせます！

◇◆◇

レベル：148
所持武器
諸刃《もろは》の剣【強刃、幸運】
貫通の槍《やり》【貫通力】
覇者の盾【堅牢《けんろう》、火耐性A、水耐性A、風耐性A】
名無しの大鎚《おおづち》【砕石打】
蛸《たこ》殺しの銛《もり》【蛸殺しS】
飛躍の魔弓【弓技強化】
スキル
大賢者　創作　付与　編集　LP変換・金　LP変換・アイテム　石弾　白炎《はくえん》　紫電　落雷　水玉
氷針　氷結球　閃光《せんこう》　剣術C　弓術S　爆矢　投擲《とうてき》B　跳躍A　錬金術B　鑑定眼　アイテム鑑定

眼　視力調整　異空間保存Ｃ　迷宮階層移動　生物解体　浄化　掘削　フロントステップ強化　サイドステップ強化　バックステップ強化　受け身　魔法融合　脱臭　ラッキースケベ　肩もみ　夜目　尾行　頭痛耐性　毒耐性Ａ　麻痺《まひ》耐性Ｃ　熱耐性Ａ　石化耐性Ａ　状態異常回復Ｃ　精神異常耐性Ｃ　胆力　聴覚保護　舞踏術　潜水　無呼吸

僕の今の実力だ。


ルナさんたちと別れた後、ダンジョン十三層に挑むことにした。

挑戦者用っぽい通路をゆっくりと進んでいくと、円状の広い闘技場に出た。

地面は乾いた土でほこりが立ちやすそうだ。

これを利用されたら少し嫌だな。

中央に闘う場所があり、階段状の観客席がそこを囲む。

だいぶ上まであり、収容人数はかなりのもの。それが全部人で埋まっているのだからすごい。

観客は一見普通の人間だけど、ダンジョンが生み出したものだろうな。

上の階層にも人型の存在はいた。

闘技場には司会者らしき男がいて、よく通る声で観客たちを盛り上げる。

「皆さん、お待ちかねの挑戦者だーー！　ノコノコと、殺されにやってきたみたいだぞーーっ！」

むう、イラッとくるけど我慢我慢。

さて、雄叫《おたけ》びが重なったような声が観客席から届く。

死ねコールもあるので、アウェイであることは間違いない。

僕が入場してきたところと反対側に、もう一つ通路がある。下層に通じる階段はあそこかな？

入り口が鉄柵で閉じられているのだが、それが何人かの男によって左右に開かれる。

「ベルナールド虎だあああ！」

司会者が叫ぶ。開かれた通路から巨大な虎が突進してくる。

虎は瞬きすら許さない勢いで距離を詰めてくるとしなやかに跳躍して爪攻撃を繰り出してくる。

僕はサイドステップを使って避ける。スキルの強化もあって、余裕を持つことができた。

ただ、すぐに追撃を開始するので鑑定する暇もない。

ひとまず十センチほどの小さな【石弾】を撃つ。

何発目かでたまたま目に当たる。動きが止まった。鑑定しよう。

名前：ベルナールド虎
レベル：148
スキル：鋭爪　威圧咆吼《いあつほうこう》　五殺《ごさつ》強化

僕と同じレベルか。二つ目と三つ目のスキルは調べておいた方が良《い》い。

【威圧咆吼】
〈三メートル以内にいる生物を咆吼ですくませる。ただしスタミナの消費が激しい〉

【五殺強化】
〈三十秒以内に五つの生命を奪うことで、三分間自分を大幅に強化する〉

両方とも厄介じゃないか。
咆吼なんていきなり来るから接近戦は諦めた方がいい。
「グォオオオ――」
ひえ、咆吼しながら突っ込んでくるとかアリですか。
僕は当然距離を取ろうとするが、あちらの足が速い。
【氷結球】を敵の足に撃つ。命中すると、そこが凍りつき、虎の動きが止まる。
相手が動き出す前に飛躍の魔弓と矢を異空間から出して構える。
【爆矢】を放つ。
胴体に直撃すると強烈な爆発音がした。
【弓技強化】が付与されているため、弓系の攻撃スキルの破壊力がアップするんだ。

隣国のガイエン騒動の時に入手した武器で、かなり貴重なものだ。

「さすがに死んで……くれないんだ」

血走った目で僕を睨《にら》んでくる。迫力は凄《すさ》まじいが、煙が上がっている箇所は血肉が見えている。

決してダメージが通っていないわけじゃない。

次の矢を撃とうとしたら、虎は僕の反対方向に逃げ出す。ジャンプして壁を乗り越え、一番下の観客席に入り込んだ。

あいつまさか——

「ウワアアアア⁉」

やっぱりそうだ。観客を無差別に襲いだした。

逃げ惑う人々に対して咆吼。すると、人々の動きが止まる。

スキルの効果ですくんでしまったんだ。

その隙に頭をかみ砕いたり、爪で襲ったりする。
五、六人殺すと、ベルナールド虎は闘技場に戻ってきた。

レベル：２４８
スキル：鋭爪　威圧咆吼　五殺強化　火耐性Ｂ　水耐性Ｂ　雷耐性Ｂ　氷耐性Ｂ　痛覚耐性Ａ

レベル100も上がるの⁉　しかも耐性系もめちゃくちゃ増えている。

恐れるものなど何もない、とばかりに攻めてくるので僕は最大級の【石弾】をお見舞いする。

当たったし、頭から血も出ている。

ダメージは絶対にあるはず。

なのに、怯《ひる》む素振りすら見せないのは【痛覚耐性A】の力だろうか。

生物は痛みがあるからこそ無理を避けるし、大事に至らないこともある。

その辺の感覚を無視しちゃえるものだ。

防御系スキルに見えて、実は攻撃系じゃないかと僕は思う。

あの突進力。剣じゃ受けきれない。僕は覇者の盾を出して、タックルに耐える。

「ウッ」

踏ん張った足が、ズサササと下がっていく。

でも耐えた。何とか。ここから反撃に転じる。諸刃の剣を腰から抜き、一閃――

「――グォオオオ」

しまったぁ……。

体がこわばって動けなくなる。剣を掲げた状態でピタッと動きが止まってしまう。

がら空きのボディに、狙っていたとばかりにベルナールド虎の一発が迫る。

動け動け動け、じゃないと死んじゃうぞ！

辛《かろ》うじて、ぴくりと反応する。……痛っつ。

やられた。普通に裂かれた。でも傷はそこまで深くはない。

体に自由が戻るなり、僕は全力でバックステップを行う。

「グォオオオオ」

一歩こちらが速かった。

ギリギリだが、スキルの範囲内から逃れたので今度はすくまない。

追撃に備えるが今度は追ってこない。ゼェゼェと息切れしている。

咆吼を使いすぎたせいで体力が切れかけたのか。ここはチャンスだ。中途半端な攻撃はやめて
【編集】で確実に対応していく。

【五殺強化】を無効にするのが最優先。壊すには1800LPが必要だ。

少し高いか。

説明文の〈三分間自分を強化する〉の一部を変える。

『三分間』→『一分間』

これで500LPとお得になる。

五人殺傷してからすでに一分以上は経《た》っていると思うので、こちらを選ぶ。

レベルを確認すると148に下がっていた。

耐性スキルも消えているので、僕は再度【爆矢】での攻撃を選択する。先ほどの肉が剥き出しに

なっている箇所を狙う。

低く、悲鳴を漏らす虎。立ち向かってくるが動きは明らかに鈍い。移動しながら、僕は普通の矢を放っていく。

これで勝負はあった。

虎が死ぬと司会者の声がまた響く。

「なんとこの挑戦者、貧弱そうな癖に、最初の試練を乗り越えましたー！　皆さん、一応この貧弱そうなガキに拍手を～」

誰一人として反応しやしない。

ええ、いいですよ、そんなの期待してませんから。

それより、まだまだ続きそうなところに不安を覚えるね……。

◇　◆　◇

次の敵は、虎とは違ってゆっくりと入ってきた。

この隙に向こうの入場通路に入れないかと考えたが、すぐに鉄柵が下ろされた。

進みたければ倒すしか道はないらしい。今度の相手は白銀のフルプレートアーマーを装着した人型だ。僕より明らかに小柄っぽい。結構珍しいかもな。

僕の正面数メートルのところまでやって来たので鑑定する。

隠蔽されているようで能力が確認できない。ただし所持しているゴッいモーニングスターの方はちゃんと確認できた。

ランクはAで【爆風】ってのが付与されている。

これは名前の通りで、攻撃した際に風を発生させるようだな。

さらに顔すら覆うフルプレートは【物理耐性C】だ。

「皆さん、鎧《よろい》の戦士がやって来ました！　彼の戦いを楽しみましょう」

司会者も観客も盛り上がってるね。

さて、モーニングスターは一応打撃用の武器に分類されている。いくつか型はあるが彼のは頭が球状でそこにトゲトゲが複数付いている。

大きさは直径五十センチはあるかな。

そこから長い鎖が伸びていて、取っ手に繋《つな》がっている。

振り回して遠心力などを利用しながら攻撃してくると予想できる。

案の定、頭の上でブンブンと振り回して、鉄球を僕めがけて飛ばしてくる。

僕は全力で走る。

これでまず鉄球は直撃しない。鉄球は地面にぶつかるとボォンとごく小さく爆発する。

ところが発生する爆風はとてつもないパワーを持っていた。

「うわっ」

結構な距離があったのに、爆風で身が吹き飛ばされる。これ、闘技場は全部範囲内っぽい！

僕は転がってから受け身を取る。

が、今度は風に乗って飛散した土が僕の目や口に入った。

「ごほごほっ」

むせてキツい！　しかも土埃《つちぼこり》のせいで視界が殺されている。

音で判断しようにも観客がうるさくて聴覚も頼りにならない。

立ち止まるのは危険なので動き回る。そう決めた矢先――ドン！

僕のすぐそばに鉄球が落ちてしまう。

「うわあああ」

だいぶ情けない声をまき散らしながら僕は飛んでいく。

ああ、こんな形で空を泳ぐなんて本意じゃないよ……。

ズッサァァァとヘッドスライディングをかます。さっきの虎にやられた胸の傷に染みる。

少し休みたいが、ここで休めば負け。僕は立ち上がって【氷針】を撃つ。

鎧の戦士は器用にモーニングスターを動かして、砕いていく。

そこで、今度は【石弾】をマックスの１００で使う。

これを飛ばすわけだが、直接は当てない。

軌道を少し下げて、相手の足元に落ちるようにした。ここは土埃が非常に立ちやすい。それを利用したんだ。

僕は敵の姿が隠れる前に位置をしっかりと覚えておく。

「……!?」

無言だけど焦っているのが動きでわかる。その様子も土煙に巻かれて見えなくなる。

僕は貫通の槍を出すと、猛ダッシュをして敵に迫る。

さっきまで鎧の戦士がいたところに渾身《こんしん》の突きを入れた。手応えはあった。

あの鎧は物理耐性のスキルがあるけど、こちらには【貫通力】がある。

助走もあればC程度なら普通に貫ける。そんな僕の狙いは正しかった。

くずおれたので、今度は諸刃の剣を鎧の隙間に差し込んでトドメを刺した。

こいつも間違いなく魔物だろう。普通の人間ならこんな場所に迷い込まない。

「何ということだ！　誰が予想したでしょう。まさか、こんな少年が、鎧の戦士まで倒してしまうなどと」

あの司会者、よく無事だったな。闘技場全体が結構危険だったのに。

ともあれ、彼のアナウンスによると次が最後の相手らしい。

ええ、まだいるの……。

次のが来る前に敵の武器を回収する。

名前は爆風のモーニングスターで、付与されているスキルは先ほどの通り。

これを収納して、最後の入場者を待つ。

今回も獰猛《どうもう》に攻めてくるような相手じゃなかった。

人とトカゲが融合したような魔物が剣を右手に入場してきた。

リザードマンだ。

皮膚表面を覆う鱗《うろこ》は朱色で、トカゲの頭には二本の角が生えており、ドラゴンを少し想像させる。

上半身は裸だけど下は七分くらいのズボンを穿《は》いていて、体格は僕と似ている。

【鑑定眼】は今回も機能しない。残念。

けど、強者の風格があって相当手練《てだ》れなのが伝わってくるよ。

武器は……あれ？　何だか見覚えがあるんですけど。すぐに鑑定してみる。

名前は成長剣。スキルは【強刃】【破壊刃Ｓ】【耐久刃Ｓ】【火炎刃】【斬撃波】の五つ。

「ムメイじゃないか⁉　どうしてそこにいるんだ！」

僕はそう声をかけるがムメイが反応することはない。十二層では、あんなにうるさかったのに。

もしかして意思が無くなっているのだろうか？

というか、なぜリザードマンがあの剣を――そういうことか……。

十二層は不思議だったんだ。

なぜ敵を斬るだけであんなに強くなる武器を探索者の僕に与えるのか？

あれは探索者を利用して成長させ、その後回収してリザードマンに使わせる狙いだったんだ。

この微妙に裏切られた感。結構心に刺さっちゃうな。

リザードマンはギロリと目つきを鋭くすると、唐突に殺しにきた。

水平にムメイを振ると、それに合わせて斬撃が飛んでくる。

「僕が覚えさせた技なんだけど！」

文句を言いつつ躱《かわ》す。

連続で【斬撃波】を繰り出してくるので、闘技場内をランニングする形となる。

武器を奪取できないかな？

接近戦も遠距離も万能なあれさえなくなれば、だいぶ楽に戦えるはず。

スタミナ切れを狙ってまずは回避に専念しておこう。

「……シュゥウ」

リザードマンが静かに、でも怒りを表すように息を吐く。遠距離は中止して炎を剣に纏《まと》わせた。

【火炎刃】は火が燃え移る可能性があるから受けたくない。仮に炎がなかったとしても【破壊刃S】がある。

Sランクだと武器も簡単に壊されてしまうかもしれない。

頑強な覇者の盾で受けて、魔法スキルで反撃していくことにしよう。

相手の動きに合わせて盾でガードする。

リザードマンは剣術に長《た》け、まるで幼少から訓練していた人みたいな動作だ。

僕もしばらくは防戦一方になるが、大きい動作を狙って【紫電】で対抗した。

射程は三メートルなので接近戦なら十分範囲内だ。

「ウガ……」

指先から放った電気で感電したので、盾ごと胴体に体当たりする。次に剣で相手の右手首を切断すると、剣も一緒に落下した。

リザードマンは痛みによろけているため、僕は盾をしまってムメイを拾う。

「やった、これは大きいぞ」

油断してたらリザードマンの尻尾の先が僕の心臓を襲う。バックステップがギリギリ間に合った。

ふう、危ないっ。

トカゲって尻尾切られても生えてくるけど、あのリザードマンはさらに高性能だ。

新しい手がすぐに生えてきたんだ。ヌメッとした液体が糸を引くように地面に伸びる。

丸腰になったリザードマンは僕じゃなくて、なぜか闘技場内の大石にタックルして粉砕する。

「す、凄《すご》い体当たりだな……」

生身で受けたら死ねるかも。

それで、何でそんなことをしたかだが、手頃な石がほしかったようだ。

掌《てのひら》に収まるものを見つけると、それを素早いモーションで僕に投げつけてきた。

「は？」

――キン、と石が弾《はじ》かれ観客席の方に飛ぶ。反射的にムメイを持ち上げたら、たまたまガードできたのだ。

完全なるまぐれだった。そのくらいリザードマンの投擲力は高い。僕も【投擲B】はあるけど、明らかにあちらのほうが優れている。

AかSのどちらかがあるに違いない。

僕はもう一度盾を出して構える。特殊な石でもないので、これで凌《しの》ぎながらムメイの【斬撃波】で反撃していく。

「ギャッ⁉」

斬撃が命中してリザードマンの体が分断された。

下半身とか生えてきたら嫌なので走りながら【火炎刃】を発動させ、頭部を焼き切った。

「ふーっ、今度こそ終わってほしいよ」

僕は尻餅をついて、弱音を吐く。もし四番目の敵がきたら脱出しようか。

けどその場合、次に来たときにまた最初からやり直しだったりして……。

そんな悩みは杞憂《きゆう》に終わった。司会者が悔しそうに声を張ったのだ。

「最悪だ！　こんなガキに我らの英雄が全部やられちまった。こんなことがあっていいのかよ！

でも俺は殺されたくないから鉄柵を開けてやれ」

ゴールへの道が開かれた。観客も暴動を起こす様子はない。

気が変わらない内に通らせてもらいますね～。

こそこそと勝者らしかぬ移動をお見せしていると、またあのうるさい司会者が叫ぶ。今度は何！

「や、やばい気がする！　こいつは！」

バリバリバリ――。

雷でも落ちたかのような轟音《ごうおん》が響く。でも自然現象ではなく、何もない空間に黒いヒビが入り出したんだ。

それは一気に広がって漆黒の空間を誕生させたかと思うや、中から赤い馬に乗った何かが現れる。

この馬も大きく立派な肉体をしているが、僕はそれに跨《また》がる方に注目する。

長い黒髪の男性だ。ただ目が真っ赤ゆえに人間ではないとわかる。

兜《かぶと》はなし、鎧は装備している。

黒を基調としているがところどころ金で装飾されてある。見るからに防御力が高そうだ。武器はこれまた真っ黒な槍だ。

「強きモノ。どこにいる……」

そう声を発したところで、僕はハッとする。

容姿に気を取られていたが、能力を早く確認すべきだ。

名前：ブラックランサー
レベル：６６６
スキル：壊滅突き　隠し突き　槍投げＳ　全魔法耐性Ｂ

こんなの絶望に嘆くしかないじゃないかっ。

ドリちゃんが言っていた危険な生物ってこいつのことだろう。

勝負はやらなきゃわからない部分はあるが、スペックだけでもう勝てる気がしない。

ブラックランサーの標的は当然僕だろう……と思ったら、悲鳴を上げる観客席に向かっていく。

馬の跳躍力で楽々と壁を乗り越え、逃走する人たちの背中を槍で刺し貫いていく。

「あれは何ですか⁉」

「死にたくない！　俺はまだ死にたくないぞっ」

司会者は正気を失っている。うろたえて走り出す彼の頭部に、槍が飛来して突き刺さる。

見事なまでの槍投げに敵ながら驚嘆する。だって観客席の一番遠いところから当てたんだから。

ブラックランサーは馬を走らせてこちらに猛進してくる。

「逃げるが勝ち」

僕は自分の体に言い聞かせ、通路を目指して動き出す。

ブラックランサーは槍を司会者の頭から引き抜くと、まっしぐらに僕を狙ってきた。通路の入り口はもうすぐだ。間に合え、間に合わないと僕が死ぬ！

入り口まで来ると通路の奥に階段を確認できた。

同時に背後から全身の毛が総毛立つような殺意を覚えた。

「弱きモノも逃がさぬ」

騎乗から繰り出された槍を僕はムメイの剣腹で受けた。

ガギィィ！　と普通じゃない音がしたけど、僕はどこかで信じていた。

自分で創って与えた【耐久刃Ｓ】が入っているのだから、壊れるわけはないと。

ところが淡い期待は武器と一緒に粉々にぶっ壊されてしまった。

僕は衝撃で吹っ飛び、転がる。視界がぐるぐるとする中、頭の中にあるのは何としても逃げなきゃという考えだ。

階段を目の端で捉えると、体勢を整えてそこへ一目散にダッシュした。

「……弱きモノでは、ない」

そんな呟《つぶや》きが聞こえた気がした。幻聴かもしれない。

とにかく僕は階段までたどり着き、十四層に逃げ込むことに成功したのだ。

階段を下りると、通路が真っすぐ伸びているのはわかったが、今回はのんびり観察していられない。ブラックランサーはドリちゃんのいた層にも出現した。

制約を受けず、どこにでも現れることができる。

当然、階段を下りて僕を追ってくることも可能なんだ。

記録はついたので、すぐに移動スキルで二層に戻った。命からがら。

◇◆◇

「聞いてください師匠、死にかけたんですっ」

『ノル君はいつも死にかけてまちゅね～』

ごもっともですけど！

でも今回ばかりはいつもより危険だったということを身振り手振りに伝える。レベル666はさすがに師匠でも苦戦するでしょうとも。

『いやいや～、オリヴィアはレベル四桁の敵でも倒しちゃいまーす』

「そう、なんですか……師匠が一番の化け物かもしれませんね」

『失礼な～。ともあれ、逃げたのは大正解だね。今のノル君じゃ、まともには戦えないかもだし』

それは明らかだ。あの強力なムメイがたった一突きで破壊されてしまうのだから。

あの様子だと覇者の盾だって耐えられないと思う。

『まあ特定の誰かを狙ってるわけじゃなさそうだし、滅多に遭遇もしないでしょ。怖いなら階層スキルが利用可能になってから動けばいいしね～』

師匠の考えはいつも正しい。

実際、僕は十三層までブラックランサーに出会わなかった。たまたまタイミングが悪かったとも取れる。

『いうて、階層が深い辺りをウロウロしてそうだし、下がれば下がるほど……』

「お、脅かさないでくださいよ」

『にゃはははー！　ノル君の怯えた顔もかっわいい～』

ダメだこりゃ。緊迫感が消えていく。でも僕は気づく。めっちゃリラックスしていることに。

おお、まさか師匠は怯える僕のために……と思ったけどガチで笑ってるから違うみたい。放置しよっと。

「あ、師匠、絶対助けますからね」

そう言い残して、僕はダンジョンを脱出することにした。

外はまだ明るいなーっ。

三連戦もあり、今日はいつになく疲弊したので寄り道せずに帰ろう。

そう思っていたのに、こういう日に限ってなぜか人とよく遭遇する。まあ知らない冒険者とよくすれ違うってだけなんだけど。

たまにどこの冒険者か聞かれるから困る。答えると反応は様々だ。

「おっ、オーディンか。そうか、声かけて悪かったな」

「オーディン、最近頑張ってるらしいな」

「ケッ」

「消えろカスが！」

などなど。そこそこの扱いをしてくれる人もいれば、敵意を丸出しにする人もいる。

個々人の差も大きいね。

おや……今度は何かな？　見晴らしの良い場所で向かい合っている人たちがいる。

三人組が一人の女性に対して——ルナさんじゃないかな。

しかも三人組の方にはレイラさんもいる。

ルナさんは僕と同じオーディンなので、レイラさんのラムウとはライバル関係にある。怪盗の事件の時は、一時的に手を組んだりはしたけど、基本的に仲は良くない。

嫌な予感がするぞ。

近寄ると、予感は当たっていた。

「こいつは俺らが仕留めたんだ。さっさと離れろ」

「私のショットが先に当たっていた。君は明らかに死体に対して矢を射たではないか」

クールなルナさんが珍しく眉間に皺《しわ》を寄せている。相手の男性は二十歳前後だろうか。

短い髭《ひげ》が特徴的だ。

「まあまあまあ」

一応、穏やかなスタイルで割って入る。僕に反応したルナさんとレイラさんを見て、髭の男が不機嫌そうにする。

「何だ知り合いか？　今大事な話してるんだ。邪魔すんな」

「一応、話だけ聞かせてください」

僕は致命傷が二つあるウサギの死体を見ながら言う。この辺りではよく見かける普通のウサギだ。

ルナさんによると、先に彼女が魔法銃で仕留めたようだ。死体を取りにいく際、突然矢が飛んできてウサギに刺さった。

そこから取り合いに発展したと。

まあ、意地のぶつかり合いだろう。

レイラさんは必死に髭の男を宥《なだ》めているが、もう一人の男が煽りまくるので収拾がつかない。

「それはルナの物よ。わたしたちが遅かったわ」

「あ？　レイラてめえ、どっちの味方だ！」

「わたしは公平にものを見ているの」

「ラムウに所属してんだろうが！　何でオーディン相手に公平にものを見る、おかしいだろうが」

いえ、おかしいのはあなただと思います……。

とはいえ、ルナさんも気が立っているので、このままだと絶対に争いに発展する。

正直、今面倒ごとに巻き込まれたくない。

「ルナさん、ウサギは僕が捕まえます。ここは彼らに譲ってあげませんか?」

「……だが」

「わたしからもお願い。お礼はするから」

「……仕方ない」

レイラさんの呼びかけもあって、ルナさんはウサギの死体を譲る。髭の男は乱暴に手づかみすると、唾を吐き捨てて歩いていく。

態度悪いなぁ。それに対してレイラさんが頭を下げた。

「ルナさんもノルくんも、ごめんね。わたしがもっとキツく言えたらいいんだけど、ラムウにはお世話になった恩もあって……」

彼女は留学でこの街に来ている。弟の学費やら生活費もある。

そんな中、必要な金銭を無事工面できたのはラムウのおかげなのだ。でも結構居心地悪そうなんだよね。ルナさんもそれは気づいていたらしい。

「もし、水が合わなければ抜けても良いのではないか? オーディンならば、きっと受け入れてくれるぞ」

「おいおい聞こえたぞ!」

うわ、髭の彼が戻ってきた。地獄耳ってやつだ。

「ライバルギルドにいくなんて、戦争ものだぞテメエッ」

「わかってるわよ……」

「恩を仇《あだ》で返すなんて許されるか！　ほら、これ以上一緒にいんじゃねえ」

散々怒鳴り散らして、また去っていく。さすがに横暴が過ぎるってものだ。ムッとした僕に気づいたのか、レイラさんがまた謝る。

「気が荒い人が多いけど、悪い人ばかりじゃないの。そこだけ理解してもらえると嬉《うれ》しい。ウサギはごめんね、お詫《わ》びは必ずするから」

レイラさんは手を合わせて謝ると、仲間の後を追っていく。

二人になると、ルナさんがウサギは近所の子供たちに食べさせるために狩ったと教えてくれる。

「手伝いますよ、探しましょう」

「うむ、助か……胸の辺りが破けているが」

「ああ、ダンジョンで虎の魔物に軽く引っかかれました」

「私としたことが、気づかなくて……。すぐに治そう。ヒールショット」

お得意の【ヒールショット】が胸の傷に的確に命中する。傷が快癒したので、僕はお礼を告げる。

やっぱり回復できる人がいるといいね。僕も何か覚えようかな。

ウサギをさくっと数匹狩ってから僕らは街に戻るのだった。

6話　コビトとコピー体

　次の十四層を攻略すれば目的の十五層にたどりつける。より闘いは激化していくと思うので、僕自身もそろそろ強化しておきたい。

　そこで放課後、エルナ先生に相談するため、職員室に足を運ぶ。

「汎用的で、優秀なスキルって何がありますかね？　もしくは、先生がほしいなって思ってたものとか」

　エルナ先生は足を組み、顎に手を添えながら考える。

　仕草が大人の女性って感じで妙にセクシーだ。

「アタシからみたアンタは器用でそつなくこなすってイメージね。でもそれは突出したものがないとも言えるのよ」

　少しばかり胸がチクリとする。いわゆる僕のようなタイプはよく言えば万能タイプ。

　悪く言うならば器用貧乏になる。

【創作】を使えば特化型にもなれるが、先生は今のままでも良《い》いとアドバイスをくれる。

「無理に自分に合わないことはするべきじゃないわね。とりあえず、ここぞという時の剣技はいいわ。アンタも仲いいレイラなんかは、魔拳がある。そういうやつよ」

レイラさんの魔拳はとんでもない威力を誇る。弱い魔物なら一発で倒してしまう。

僕の場合は剣を多用するので、剣技が良いのかもしれないな。

先生が戦った相手の中で、戦いづらかった剣士はいたかと訊《き》く。

先生はよほど嫌な相手なのか、顔をしかめながらすぐに答える。

「受け流しが上手で、決めにくる斬撃がとても強い相手はいたわ。途中で邪魔が入って勝負はやめになったけど、続けていたら負けてた気がする」

エルナ先生ほどの人を追い詰めるのか。

期待できそうなので、僕もその二つが強化されるスキルを取得することに決めた。

柳流し　８００ＬＰ

強斬　１０００ＬＰ

注意点としては【柳流し】は高い集中力が必要で、当然状況によっては失敗することもある。

【強斬】は剣速が上がり、攻撃力もアップするけれど、スタミナを大きく消費しやすい。

加えて、モーションが大きくなるため隙も生じやすい。

タイミングや判断力が大事ってことだね。

あとは中距離の魔法も取りたいのだが、まずはこの二つだけでいいか。

隠しダンジョンに挑むのは少し練習してからだな。

今日はこれからエマとルナさんと冒険者活動がある。

校門にいくと、レイラさんが僕を待っていた。

「ウサギの件、お礼しようと思って。何か手伝えることないかしら？」

レイラさんは律儀だ。

「これから依頼で魔物狩りに行くと思います。一緒に行動したらまずいですかね」

「……うーん、きっと平気よ。手伝わせて」

ということで、まずは冒険者ギルドに向かう。

さすがに中に入ってもらうのはまずいため、僕だけ行く。

エマとルナさんがいたので事情を説明しようとしたが、何だか様子がおかしい。

ローラさんも含めて、あたふたしている。

「エマ、何かあった？」

「大変なの！　女の子が街の外でシーフゴブリンにさらわれちゃって」

それは非常にまずいかも。

シーフゴブリンは時に子供を狙って誘拐するんだ。

理由はもちろん食べるためで、しかも食事に移るまでがだいぶ早い。つまり、時間との勝負になってくる。

依頼がきたのはついさっき。出したのは女の子の両親で、今そこにいる。

母親は泣きじゃくっており、父親が慰めている。

さらわれたのは三十分前で、街から近い山の麓《ふもと》。

ローラさんの担当冒険者たちは別の依頼に出ていて、頼める人がいないらしい。

「僕らが受けましょうよ」

「うむ、それでこそノル殿だ！」

ルナさんとエマがいれば対応できる。お父さんたちが僕らに頭を何度も下げてくる。

「どうか、娘を助けてください！　この通りです」

「はい、必ず助けます。名前を教えてください」

「サネ・ヒタルと言います。年齢は五歳で、髪の毛を後ろで二つに結んでいます」

必要な情報は揃《そろ》ったかな。僕は外に出るとレイラさんに事情を説明する。

「もちろん手伝わせてもらうわ！」

僕は対峙《たいじ》したことがないけど、シーフゴブリンは厄介な相手だと聞く。レイラさんが戦力になってくれるのは助かる。

四人でサネちゃんがさらわれたという場所に移動する。

——大賢者、シーフゴブリンと一緒にいるサネ・ヒタルという五歳の少女の居場所を教えて。

【北東723メートルの位置にいます】

これで場所はクリア。あとは作戦を練る必要がある。

四人ともシーフゴブリンと闘った経験はない。

「僕が聞いたのは、シーフゴブリンは様々なものを盗むってことだ」

「あたしも。武器やスキルまで盗むって」

「うむ、何か特殊な技があるようだ」

「って言っても、のんびりもしていられないのよね」

そうなんだ。そこが厳しい。一刻を争うので、ひとまず目的地まで急ぐ。

僕が分析して、みんなに詳細を伝えるというのもありだ。

一応、三人の能力は今、こうなっている。

名前：エマ・ブライトネス
レベル：68
スキル：両手短剣術A　風撃《かざうち》　風斬　風足

名前：ルナ・ヒーラー
レベル：74

スキル：魔法銃術B　エナジーショット　スピードショット　ヒールショット　魔力増量B　失神癖　解呪

名前：レイラ・オバーロック
レベル：160
スキル：拳術A　蹴術A　格闘術A　縮地　抜き足　魔拳
武器：マジックグローブ【魔力伝導】

旅行で色々あったから全員レベルは高くなっている。

あとは個別に努力しているってのもあるね。

エマなんかは、だいぶレベル上がっていると思う。

ルナさんも魔力が増量しているため、無理しなければ失神はしない。

レイラさんは、出会った時は【格闘術B】だったのに、いつの間にか成長している。さすがです。

さて、僕らは煙が立ち上っている場所を見つけて歩みを緩める。

木陰に隠れ、開けた場所にいるシーフゴブリンたちを観察する。

まずサネちゃんは生きていた。ゴブリンに押さえつけられ泣いているが。

敵の数は八体。体格は一メートル五十前後で、皮膚が濃い茶色だね。

かぎ鼻や顔立ちは一般的なゴブリンと一緒だが、髪の毛が豊富。ボサボサ長めで汚らしい。半分は無手、半分は棍棒《こんぼう》を手にしている。

そして、一番体格が大きくて、髪が長いやつがリーダーだろう。

ジェスチャーなどで他のゴブリンに指示している。

中央でたき火をしているんだけど、そこにつるし棒を設置して、サネちゃんを焼こうとする。

距離があって【鑑定眼】が上手《うま》く働かない。

サネちゃんが危ないので、やっている場合でもないけど。

「サネちゃんを離せ！」

僕が飛び出して、他のみんなも続く。

「シィー！」

シーフゴブリンたちが敵愾心《てきがいしん》を燃やして、僕らに襲いかかってくる。

「あたしはサネを助けるね！」

サネちゃんはエマに任せ、残りはゴブリンを始末しにかかる。

僕は剣を手に、真っ先にリーダーっぽい相手を狙いにいく。

こいつを分析するのが先だ。

「シ！」

「――あれ？」

僕の諸刃《もろは》の剣がなくなっているじゃないか！

そしてシーフゴブリンの手中に収まっているという不思議。なぜ？　どういう仕組みなんだ。

名前：シーフゴブリン
レベル：53
スキル：ギャンブル盗手　怪力B　跳躍B

油断はできない相手だ。武器が盗まれてしまったのは間違いなくスキルの力だろう。


【ギャンブル盗手】

〈魔力を消費して対象の武器、道具、スキル、記憶のいずれかを無作為に盗む。盗める確率は高い方から武器、道具、スキル、記憶となる。失敗すると大量の魔力を消費する〉


恐ろしい能力ではあるけど、かなりリスクも高いものだ。失敗したら魔力不足で倒れたりするかもしれない。

恐怖心や知能の低い魔物ゆえに、躊躇《ちゅうちょ》なく行えるってことか。

とにかく武器を返してもらわないと。

ここで、周囲の様子を確認しておく。

エマがサネちゃんに襲いかかるシーフゴブリンを【風斬】で真っ二つにしていた。

レイラさんも、連続でゴブリンの頭部を破壊していた。そしてルナさんは、僕が対峙しているボスゴブリンの背後に回っていた。

キンッ、と諸刃の剣が弾《はじ》かれてゴブリンの前方に飛ぶ。

「ジ⁉」

背後から威力を制御した魔法銃で剣を撃ってくれたんだ。

「助かります！」

僕とシーフゴブリンが同時に剣を拾いにいく。

我先にと剣を奪おうとするシーフゴブリンの顔面に僕は蹴りを入れる。相手がひっくり返ったところで、別のゴブリンが飛びかかってきた。

ズギュン！　ズギュン！

ルナさんの援護射撃で、ゴブリンは絶命する。僕は剣を拾って、よろよろ立ち上がったボスゴブリンとの距離を詰める。

フロントステップから一閃《いっせん》。相手は防ぐ術がないので、一刀のもとに斬り伏せるのは楽だった。

残るゴブリンは後二体か。

一体は逃げ出したが、レイラさんが追跡していく。

そこで僕は別な方の相手をする。棍棒を手にしている。過去に戦った人間の真似《まね》なのか、正眼に構えていた。

せっかくだし新技を試してみようと思う。

失敗しても仲間にフォローしてもらえる状況だ。

僕はジリジリと近寄っていき、間合いに入ったら【強斬】を行った。少し溜《た》めてから強く踏み込んで大振りする。

シーフゴブリンは機敏に反応して棍棒で防御したけど、武器ごと肉体を切断してしまう。

「おぉ、凄《すご》い威力……。でも心拍数がかなり上がっちゃうな」

ドキドキしてくる。連撃とかは難しそうだね。

レイラさんもゴブリンの死体を引きずって戻ってきた。僕はエマに抱っこされているサネちゃんの元にいく。

「怪我《けが》はない？」

「ウン、このふかふかのお姉ちゃんが、まもってくれたー」

「良かったね。ふかふかのお姉ちゃんはいつも優しいんだ」

「え、そんなこと、ないこともないよ～」

優しい自覚はあるみたい。いいことだよね。

シーフゴブリンはそこそこ珍しいので、素早く解体して素材を収納しておく。その後はサネちゃんを護衛しながら街に戻った。

サネちゃんはすごく強い子で、移動中も全然泣かないし弱音も吐かない。

でもギルドでお父さんとお母さんを見つけるなり、泣きながら駆け出す。

「おどーちゃん、おがーちゃん、こわかっだよー！」

「サネッ、ごめんね、ごめんね！」

親子三人が抱き合う姿を僕らは微笑《ほほえ》みながら見守る。

やはり家族はみんな元気なのが一番だよね。

イエーイ、とエマと軽くタッチをしておく。

最後に一応、両親に注意だけはさせてもらう。

「時期によって魔物が出る時や出ない時があるので、気をつけてくださいね」

「はい、私たちの不注意でした。娘を救ってくださってありがとうございました」

大事なのは過ちを繰り返さないことだ。サネちゃんと別れた後、僕らは報酬を受けとった。

◇　◆　◇

日曜午前、レアショップの手伝いをする。

シーフゴブリンの素材やらダンジョンで倒した敵の素材を売りに出す。虎丸が狩った魔物の素材や薬草などもある。

　僕は錬金術も使えるので、その内何かを錬金して売りに出しても良いだろう。

　最近は売り上げも良く、父上と母上の着る服が日に日にグレードアップしていく。毛皮のコートとか着たりするからね。暑いのに……。

「じゃあ虎丸、僕は帰るよ。あとよろしくね」

『うむ、気をつけてな』

　すっかり客寄せが上手くなった虎丸に挨拶して、僕は自宅に帰った。

　ご飯を食べながらLPを増やすことにした。

【LP変換・金】と【LP変換・アイテム】があるけど、前者は緊急用で日頃は使わない。

　だって、1LP＝10万リアなんだ。

　自分の貯金は数千万リアあるけど、全部換えても1000LPにも届かない。

　使うのはLP補充できない状況で、どうしても必要な時だけだろう。

　今のLPは3400。

　この間の【創作】でLPが減ったが、ハグやエマのキスなどでちょこちょこ貯《た》めていた感じだ。

　変換はアイテムの方を使う。

　蛸《たこ》殺しの銛《もり》はダンジョンの水中層で頼りになったが、あれ以降は使用頻度が低い。

　Sスキルで状態が良いこともあり、2800LPも入手できる。迷わず変換～。

「スキル付きの武器などを買って変換するのも悪くないかも」

錬金もあるし、やれることは確実に増えているな。

……誰だろう？　庭の向こう側から大きな声が聞こえる。

「あたしは、遊びにきたの！」

「私だって、（いけない）遊びにきたんです」

「今、いけないとか言わなかった⁉」

「え〜、言いました〜？」

聞き覚えがありすぎるので外に出ると、やはりエマとローラさんだった。事情を聞いてみると、どちらも僕に会いに来たらしい。

そこで偶然はち合わせてしまったと。

「まーまー、二人とも入って。お茶でも出すから」

リビングに案内して紅茶を入れる。父上が買ってきたお菓子も一緒に出す。二人とも手を合わせて喜んでくれる。

「あ、これもどう？　母上が作ったイナゴを煮たやつなんだけど」

「……わ、私は今回は遠慮させていただきます」

「あたしも……。おばさんの料理は美味《おい》しいのも多いけど、たまに……ね」

大外れがあるっていうやつだね。まあイナゴは結構美味しいと僕は気づいてしまったけど。

三人でお菓子をつまみながらとりとめのない話をする。女子の話題はとにかくあっちこっちいって食らいつくので忙しい。

僕の父上が最近リッチになって羽振り良くなったという話から、オーディンの誰と誰が付き合っているみたいな話まで。

小一時間ほど経過した頃、ローラさんがハッとして立ち上がる。

「違いますーっ！　私はこんなことをしにノルさんを訪ねたわけじゃないんです。オリヴィアさんを助けるためのサポートなんです」

「オリヴィア？　どゆこと？」

「ごめん、エマにはまだ説明してなかった」

僕が今置かれている状況を簡潔に話す。

師匠が苦しんでいるから助けたい。そのために十五層までたどりつきたいという話だ。

「そんなのあたしも応援するよ！　何すればいい？」

「はいはい、エマさんはまた後日でお願いします。今日は私の番ですから」

そう言うと、彼女は僕の手を引いてどこかへ移動しようとする。何かを察したのかエマがもう一方の手を摑《つか》んで、僕をここに留まらせる。

「待って、何やるか知らないけど、ここでやりなよ」

「そうですか？　では、失礼しますね」

スッ、と用意していたらしい目隠しの布を僕に対してつけてくるローラさん。

何も見えないとちょっと不安になってくるな。頬に温かい感触が伝わる。たぶん、手で触れられているのだろう。

「リラックスしてくださいね。何も怖くありません。私の考えた、ＬＰ貯蓄ゲームをこれからやります。エマさんも参加します？」

「う、うん。よくわかんないけど、やってみる」

エマも参加するようです。まずルールを教えてもらう。

二人がクッキーを一枚、体のどこかに隠しているので、僕は三十秒以内にそれを見つけ出さなきゃいけない。

もちろん視力は使えないので他の五感を頼ることになる。

二人は言葉で嘘《うそ》の誘導をするのもありなのだとか。

僕が時間内に見つけ出せなかったら、二人の勝ちで罰ゲーム。罰と言っても、二人が僕の体の好きなところを一度触るんだって。

特に罰でもないような気はするけど。

「え、そんな場所におくの？」

「大丈夫ですって。バレませんから」

「う、うん」

二人は今、クッキーをどこかに隠している。ポケットもオッケーだし、ズボンとお腹《なか》の間に挟んだりするのもあり。

簡単には取られない場所を相談しているんだろう。胸の谷間とかだったら遠慮しちゃうよなぁ。

「準備はオーケーです！　どんとこいで〜す」

突き抜けて明るい声がゲーム開始の合図となった。僕はまず一、二歩前に進む。どの辺にいるのかと手を伸ばすと、むにゅりとした感覚を指先に感じる。

「ひゃん！」

エマだ。変な声が漏れたご様子。

「ごめん、僕どこ触っちゃった？」

「ほらほら、どこ触ってもいいゲームなんですよ。時間もありませんよ」

僕はエマの服装を思い出して、隠せそうな箇所を想像する。服と肌の間に挟むのを最初想像したのだけど、よく考えれば手や足も使える。

掌《てのひら》や足の甲にクッキーをのっけることはできるし、何なら指の間に挟むこともできる。

うわ、これ結構難しいかもしれない。

僕は腰の辺りをさわさわとチェックする。

「あぁもう……ノルったら……」

「あれれ、いいんです？　エマさんだけじゃなく、私もいるんですよ」

ハッ、そうだった。とりあえずエマのお腹周りにはないとわかったので隣にいるローラさんにも触れていく。

まず両手を調べる。特に握っていない。ローラさんの服ってポケットあるんだろうか。

お腹周りをチェックする。

「ヒントあげますね。今触ってる箇所から、二十センチくらい上です。ただし私とエマさんのどちらかは教えません」

時間もないし同時に僕は二人に触れる。今触っている箇所から二十センチ上と……。

掌には収まらない、丸みを帯びたような、心地よい感触が両手に伝わってくる。

「これって、胸じゃ……」

「やだ、ノルさんったら大胆！」

キャッとか言いつつ、ローラさんは僕をからかって楽しんでいるみたいだ。

「またヒントです。エマさんが一番成長しているところに置いてあります。あまり深く考えずに直感で大丈夫ですよ」

「やっぱり、胸とか……？」

「脳だし！」

エマのツッコミが冴《さ》え渡《わた》る。冷静に考えればそうだよね。

しかし僕はここで気づいてしまった。このゲームは嘘もついていいってことに。胸とか頭とかにはクッキーはないのだろう。

　むしろそれより遠い部位にある。僕はそこでしゃがむことにした。

「ノ、ノル？」

「足の甲にのせているか、靴下の間に挟んでいる。どっちかだと思う」

　僕はペタペタと二人の足回りを調べていく。

「ここで顔上げられたら、パンツ見えちゃいますね」

「目隠ししてますから！」

　見たい気はするけれどもって違う違う。

　残念なことにクッキーは足の甲にも靴下にもなくて、時間切れを迎えてしまった。

　敗北した僕は目隠しを外す。エマの頭の上にクッキーがのっかっていた。

「あれ本当だったんだ……」

「もー、あたしがヒントあげたのに」

　エマが片頬を膨らませる。優しい幼なじみを信用しきれなかった僕の負けか。

「でも刺激的だったんじゃないですか？」

　……おっ、ＬＰが８００も増えてる。目隠しで興奮していたのも関係するんだろうか。

「じゃあ、ノルさんの負けだから、体で払ってくださいねっ」

　女性のセリフじゃないですよそれ。とはいえ、僕に拒否権などないのだ。

諦めてすべてを二人に任せるのみ。ローラさんはウキウキした感じで僕の体を眺める。

「やっぱりここですよね～」

「ちょ、そこ？　ダメでしょ、さすがに！」

「えー？　エマさんだって本当は触りたいくせに」

「あたしはっ……」

顔をほんのり赤くしながら僕をチラチラと見てくる。目が合うとすぐに逸《そ》らす。やましいことを隠している子供のように。

そうこうしている内に、ローラさんが標的を決めたようで大胆にもタッチしてきた。

「かったーい！　すっごいです、ノルさんのここ」

「あっ、そこなんだ」

エマが少し抜けた声を出す。僕も正直そう感じた。

「エマさんは、どこだと思ってたんです？　ま・さ・か」

「あたしもここだし！　ここ触りたかったのッ。すごくカチカチ！」

二人はダンジョンで見つけた貴重なお宝を扱うような感じに、僕の肉体の一部を確かめる。

ああ、美人な二人に触れられているというのに、なぜこんなにも穢《けが》された気分になっちゃうの。

教えてよ大賢者！

【知りません】

この世の中、大賢者にもわからないことは意外と多いらしい。

あ、僕のお尻はだいぶ固いらしい！

◇◆◇

能力強化もしたし、そろそろ十四層の攻略に入ろうと思う。

十四層に一気に移動する。この間は落ち着いて見ることができなかったが、通路は一本道で奥に立て札がある。

その向こうは道が四つに分かれ、それぞれの床に数字が書かれていた。

左から1、2、3、4と。

『これより先、試練が異なる。一人なら1、二人なら2、三人なら3、四人なら4に進め』

と立て札様は仰《おっしゃ》っている。僕はぼっちで来ているので強制的に1の道に進むことになる。

真《ま》っ直《す》ぐの一本道なんだけど、やたらと長い。十五分は歩いただろうか。そろそろ妙だなと感じ始めたところで、景色に変化が訪れた。

曲がり角があったのだ。しかもそこにも立て札がある。

文字に気を取られている内に角で待っていた敵が攻撃してくる作戦かも。【視力調整】を使って、遠くから文字を読む。

『一匹も殺すな。殺したら最初からやり直し』

何のことだろう。とにかく慎重に角を曲がってみる。

その瞬間、視界一面に広がる異様な光景に僕は声を呑《の》んだ。

カサカサ、ウニョウニョ、ザワザワ。何と表現したらいいだろうか？

通路全体が動いている——というのは正確じゃない。

通路に張り付いた大量の生き物が動いているがゆえにそう見えるんだ。

床には大量の蛇、左右の壁には蜘蛛《くも》やトカゲ、天井にはよくわからない真っ黒な虫。

数がとにかく多くて、通路の壁や天井を完全に隠してしまっている状態なんだ。

天井からボタボタと黒い虫が落ちる様は、黒き雨とでも表現したい。

ぞわぞわと背筋の辺りにくる寒気。別に数匹とかなら何の虫だって怖くはない。けど、数の暴力ってものがあるでしょう。

さすがにこれは気味悪く、後ずさりしてしまう。

「これは焼き払っていくしかか——あ」

ここで注意書きを思い出す。一匹も殺すな。

いやいや、無理でしょう。床下に虫や蟻《あり》が紛れ込んでいたら永遠にクリアできないよ。

仮にいなくとも、足から這《は》い上《あ》がってくる蛇や飛んでくる虫を潰すこともできない。

彼らと友達になれって？　さすがの僕も難しいな。

その場で立ち尽くす。何かスキルを創ろうかと考えたが、いまいち妙案が出ない。

死ぬわけではなさそうだし、興味本位で一匹の虫を殺してみることにした。

「ムッ……」

刹那、妙な感覚に襲われる。高所から落下した時のようなあれ。さらに景色が少し歪《ゆが》む。

それは長くは続かず、気がつくと僕は場所を移動させられていた。

「十四層の入り口だ。本当に一匹も殺せないんだ……」

何だか、今までで一番絶望的な気分だよ。

またチャレンジする気にはなれず、僕はしばらく座り込む。悩んだ末、移動スキルで二層に移動した。

『ぱっぱらーん。ノルが召喚された』

「元気ですね。僕は、ちょっと無理です」

『あらら、どしたん？　オリヴィアの胸に抱かれながら悩み事言ってみ？』

胸には抱かれないけど、問題解決のアドバイスを求めた。

『鎧《よろい》でも着ていくかな～。ああでも隙間から侵入されたら最悪じゃーん』

そうなんですよ。しかも床にいる一匹も殺せないってのが難しい。一時的に仮死状態にするのがベストか。

ただなー、あれだけの数となると難易度は高いよな。

『ここはさ、別な道選んでみたら？　ノル君にだって仲間いるでしょ』

「いますが……あまり入ってほしくなくて。ここは危険だから」

『気持ちわかるけど、仲間信用しなよ。オリヴィアはそういう人いなかったからさ。君には、ちょっとばかし違う道を選んでほしいとか思ったりね〜』

僕はあいまいに頷《うなず》いて、ダンジョンを去ることにした。

師匠はずば抜けて強いから、自分の背中を預ける人がいなかったのだろう。けど、そんな師匠だってダンジョンの二層で罠《わな》にかかってしまった。

どんなに強くても油断はダメってこと。そして僕はまだまだ最強にはほど遠い。

師匠の助言のように、協力してもらうのが一番なのかもしれない。帰り道、綺麗《きれい》な景色を見たくてアロネ草原に立ち寄った。

すると、魔物と激しく闘う人を発見した。

赤い服が目立っていて、遠くからでもエマとわかった。

戦っているのはビッグラビットだ。以前、エマが苦労していた相手だったな。

そんな過去が嘘のように、エマは魔物を圧倒する。【風足】で動きを軽くしているんだろう。

動作が軽やかだ。相手を翻弄しつつ、得意の【風撃】を頭部に炸裂《さくれつ》させ角をバキボキに折る。一発で仕留めた。

「やあ。完璧に決まってたよ」

近寄った際に鑑定してみたら、彼女のレベルが69になっていた。

この間はまだ68だったのに。

「どうしてここに？」

「ダンジョン攻略に行き詰まってて。気分変えようと思ったらエマがいたんだ」

「魔物もいないし、のんびりしよ」

「だね」

草原に二人で座って、そよ風を楽しむ。もうすぐ夕陽《ゆうひ》も落ちる。

風にエマの綺麗な金髪がゆらゆら揺れる。

太陽に照らされた横顔、素敵だなー。いや横顔も、か。ファンいっぱいいるしね。

こんな子と幼なじみって、僕は人生の序盤で相当運を消費していそう。

「オリヴィアさんを助けたい気持ちはわかるけどさ、無理はしないでよ？」

「大丈夫。僕の性格は知ってるでしょ」

「知ってるからこそ。ノルは自分のためなら慎重だけど、誰かが絡むと無茶する時多いよ」

そうなんだ……いや、そうかも。案外、自分が考えている自分って、現実とはかけ離れているのかもな。勉強になる。

「あたしがいるでしょ。困った時は言ってね」

そう言って、エマはニコッと笑う。僕は何だか胸が熱くなって、衝動に任せてエマを抱きしめた。

「……何かあった？」

僕は無言でしばらく抱きしめた後、エマにお願い事をする。

「僕と一緒に隠しダンジョンに行ってほしい。危ない時は絶対に守るから」

「任せて。世界の果てまでもついていくよ」

「ありがとう」

もう一度、エマの肩を抱き寄せた。

◇◆◇

急《せ》いては事をし損じる。

準備や体調を万全にして、次の休みにダンジョンに挑戦すると二人で決めていた。

その日がやってきたので、午前中からエマと隠しダンジョンに向かう。

入り口でいつもの合い言葉を口にする。

「それが合い言葉なんだっ。ノルの人生を宣言してるみたいだね」

「一人称が僕だったら完璧かもね」

中に入ると、すぐにエマをお姫様抱っこして階層スキルを使う。

師匠に紹介したい気もするけど、それは後にしよう。

さて、十四層の立て札の前に到着した。

「この間は、1の道を行ったんだ。今度は2にする」

「気合い入れていこうぞーっ」

「おーっ」

2の道もしばらくは一本道が続いた。

また曲がり角がくるかと怯《おび》えていたが、今度は行き止まりだった。

ドアがあるので、試練はこの奥に待ち構えている。

僕たちは顔を見合わせ、同時にうなずいてから中へ入った。

扉が閉まり、自動でロックされる。

四方を琥珀《こはく》色の壁に囲まれた少々狭めの室内。

奥の壁の一部に一辺三十センチほどの四角い穴が空いているんだけど――

何かきたーーーッ!?

剣やら槍《やり》やら弓やらを手にした小さな生物が大量に駆けながら中に入ってくる。

コビトの流入は途切れず、一分足らずで僕たちは完全包囲されてしまう。

もうね、数が多すぎて室内に足の踏み場がないんだ。

いくら小さいといっても、これは迫力が普通じゃないよ。

コビトたちが勢ぞろいすると、壁の穴は中から石のような物が押されてきて完全に塞がれてしまった。
逃がさねえぜ？　って感じですか。
ま、あんな小さい穴じゃ元々逃げられないけど。
そして彼らだが、人間をそのまま小さくした見た目ではなかった。
かぎ鼻だし、耳はとがってるし、肌は濃い茶色。
人間とゴブリンのハーフみたいな容姿をしている。
身長は二十センチ前後で、僕とエマはずっと下を向いている状態だ。
「巨人メ！　我々ヲナメルナヨ！」
コビトの一人が槍を掲げ、声を張る。
その小さな体のどこにそんなパワーがあるんだと思えるほどの声量だった。
にしても巨人、ね。
確かにコビトからしたら僕たちはそう映るよな。
「ちょい待ってよ。別にあたしたち、敵意出してないよ」
両手をあげ、抵抗の意思がないことを示すエマ。
闘わずに通過できるなら、越したことはない。
僕も同じようにしておいた。
するとコビトたちは、ヒソヒソと何やら相談し始める。

やたら緊張する……。

この隙にコビトたちを鑑定するが、誰一人として能力は確認できない。全員秘密に蔽《おお》われている。

会議は終わったようで、彼らはめいっぱい叫ぶ。

「キサマラ、武器ト持チ物ヲ捨テロ！」

エマと目配せをする。

一応包囲されているため、ここは従っておく。

僕は他にも武器はあるしな。僕たちは武器を床に置いた。

コビトたちはすぐさま、それを隅っこの方まで運んでいく。

「タダデ、帰シテヤル義理ハナイ」

「あたしたち、できる限りのことをするよ」

「本当ダナ？」

「うん。そうじゃないと、みんなで攻撃してくるんでしょ？」

「チョット待ッテイロ」

またコビトたちが、あちこちでヒソヒソ話を始め出した。

少なくとも数百体はいるであろうコビトたちを僕は注意深く観察してみたけれど、みんな顔は一緒のように思えるし、特に風格のある個体も発見できなかった。

ちなみに出入り口は二つ。

僕らが入ってきたドアの向かいに、同じような入り口がある。

あそこがゴールだろう。けど、ロックされているはず。

普通に考えて、解除はコビトの全滅かな。エマと小声で話す。

「ここは捕虜っぽく振る舞って、油断させてから攻勢に出よう」

「りょーかい」

あちらも談義がまとまったのか、一体のコビトが甲高い声で言う。

「我々ハ腹ガ減ッタ！　食べ物ヲ出セコラ！」

食べ物も異空間に入れて準備はしてきた。

コビトに食べさせることは想定外だったけれど。

「パンとか果物がありますが、何が食べたいですか？」

「チョット待テ」

また相談か。

知能も人間に近いくらいはあるようで、少々面倒な相手だ。

しかし数が多すぎる。一体一体は弱くても束になられたらと想像すると怖い。

「甘クテー、ワケラレルモノヨコセ！」

バナナかクッキーあたりが無難かな。

まずバナナを出したところ、コビトたちの警戒心が飛躍的に高まった。

「今ノ、ナンダ⁉」

「怪しいことはしてません、これは僕の能力です。物を異空間にしまっておきました。これは食べ物ですよ、ほら」

バナナの皮をむいて床に置くと、コビトたちが蟻のように群がってきてそれを不思議そうに観察する。

「キイロ……ミタコトナイ……？」

十四層内にはないだろう。っていうか普段、何食べているのか教えてほしい。

「バナナという果物です。僕らの街では人気があるんですよ。少し高いけど」

「ダレカ毒味シテミロ！」

そう叫ぶと、別のコビトが前に出てきてバナナを毒味する。

もしや、今命令したやつがボスなのかな？　よく考えると、これだけの人数だ。統制を取る存在がいなきゃおかしい。

人間だって王様はいるし、戦場では将軍もいる。

魔物ですら、群れにはリーダーがいることも多い。

なら、こいつを倒せば乱れる？

うーん、早とちりで攻撃をするのは一旦やめておくか。

毒見したコビトだけど、バナナを口に含んだ瞬間「ウッ」と低い声を漏らし、顔を手で覆った。

毒なんて入ってないけど。

仲間の苦しむ様子を見た他のコビトたちが武器を掲げて怒気をまき散らす。

「オノレ巨人メ！　毒ヲ仕込ミヤガッタカッ⁉」

「やってないって！　僕は毒なんて入れてない！」

「ミンナ……本当ダゼ。コレハ苦シインジャナクテ……ウマインダッ！」

味見したコビトが喜びの感想を述べてくれたおかげで、僕の無実はどうにか証明された。

食べ物に害がないとわかるや否や、他のコビトたちも興味津々にバナナを口に含んでいく。

反応は皆一様で、目を丸くした後、こっちの鼓膜が破れそうなほどの叫びを上げる。

「ウメエエエ！」

「ガチダ、ウメエエエエゾ！」

「コンナ美味《ウメ》エエエノ、コンナ甘《アメ》エエエノ、初メテ食ッタ！」

「ウンメエエ、ウンメエエエエ、ウウンメエエエエ！」

ウメエエエ、ウメエエエ、連呼する彼らを見て僕はこう思った。

キメェェエエエ！

はいごめんなさい。けどさ、ただでさえ整ってない顔を余計にしわくちゃにして、唾まき散らしながら言うのだ。

横を見ればエマも顔をひきつらせているし。

「オイ、ドケ！　ソノバナナハ俺ノダゾッ」

「ウルセエ、オレガ先ニ取ッタンダ」

「フザケルナッ！　死ニタイノカ！」

バナナはなくなり、皮の争奪戦を始め出す。

おお。

これはまさかの、仲間割れを狙えるか！

いいぞ、もっとやれっ。

このまま殺し合いとか始めて自滅しちゃってください！

◇◆◇

いくら体が小さいとはいえ、たった一つのバナナじゃ全員が幸せになることなど出来ない。

僕とエマはバレないように目配せをして、コビトたちが仲違《なかたが》いするのを期待していた。

「オイ巨人ドモ！　モット出セ！」

「残念ですが、バナナはそれ一つしかなくて」

ここでホイホイ出したら、みんな争いをやめるじゃないか。

そう簡単には出さないよ、という僕の考えは温《ぬる》かったようで、コビトたちの殺気が一気に増幅した。

「ナラ、オ前ラヲ殺スダケダ！　ミンナ、コイツニ攻撃スルゾ」

だよね、そんな甘くないかー……。

「あーっ⁉　バナナは無いですがクッキーはあります。これですっ」

美味しそうなクッキーを一枚床においてみたのだが、なぜか反応が薄い。

というか、なんだか感情を逆なでしてしまったようにすら思える。

「オ前……コレ食イ物ジャナイダロ？」

ハイ？

何を言い出すのかと驚いたけど、バナナと違って堅そうだからか。

存在を知らなければ、そう捉えてもおかしくない。

「これはですね、小麦を主原料としたお菓子でして、一度焼いているため……」

って、こんな説明しても何の意味もなさそう。

「わかりました。じゃあこれは僕が食べて、別な食べ物を出します」

「チョット待テ！　ナニモ食ベナイトハ、言ッテナイダロウ？」

じゃあ早く食べて……。

何だかんだで興味あるらしく、また毒味役のコビトがクッキーにかじり付き、ウッと悲鳴のような声を漏らす。

わかってるさ、美味《うま》かった時の反応だよね。

「堅イケド、口ノ中デ溶ケテ、柔ラカクナッテウメエエエエエエエッ！」

この毒味役のコビトには、感想ご苦労様ですと伝えたい。

他のコビトたちも気に入ったようで、もっと出せ出せとうるさい。

これ食べ物持ってきてなかったら詰んでたのかな。

とにかく、クッキーは何枚もあるので出していく。

体の割には食べるせいで結構な量を消費した。

コビトたちは食事だけでは飽き足らなくなったのか、

「巨人、次ハ何カ面白イコトヲヤレヤ！」

「面白いことって言われても……」

「ソウダナ、豚ノ物真似デモヤレ」

ふてぶてしくも、こんな要求をしてくる。

クッキー振る舞った僕に少しくらい感謝してもいいじゃないか。

「オンナ、オマエ何モシテナイジャナイカ」

「あたし？　だって……」

「早クヤレ！」

うら若き乙女に何て要求だ。

エマは苦境を乗り切るため覚悟を決めたようで、鼻をつまんで、なるべく本物に似るように鳴く。

「ぶーぶー、ぶーぶー、ぶーぶーぶーぶー」

「……」

シラケてるね！

ダメ出しされるのも悲しいけど、真顔でジィーと見つめられるだけってのも辛《つら》いでしょ。

そしてウンともスンとも言わないからエマは一分くらいぶーぶー鳴かされるハメに。

ようやく飽きたようでコビトからアウト宣言が飛んでくる。

「ゼンゼン面白クナカッタ。生キテル意味ナイナ、オ前」

「うっ、自分がやれって言ったんじゃん……」

なまじ賢いだけに性格が悪くなってしまうんだな。

「物真似ジャナクテモイイ、俺タチヲ笑ワセテミロ」

悔しいけど、まだここは従っておくべきか。

次の食べ物を要求されたら勝負を仕掛けよう。

これ以上エマに恥はかかせられない。僕がいく。

変顔を心がけながら、おどけた調子で言う。

「僕はブタ顔の魔物オークでーす。肉は大好きだけど、ブタの肉だけは食いません。なぜなら共食いになってしまうから！」

「…………」

ブタが好きだと考えてのネタだったけど一笑いも取れない。

僕に笑いセンスが皆無だと思い知らされた。

ここまで自分を殺してバカやってるのに一笑いも取れないとか軽く死にたくなってくるよ。

お笑い芸人ってすげえ……スべった時の空気によく耐えられるな……。

そして誰かを笑わせるって本当に難しい。

だってコビトはもちろん、エマだってクスリともしてないからね。

僕にもっと笑いのセンスがあれば……。

「オイ、ソッチノ女、オ前ドウシテ脚ヲ見セタ格好シテイル？　見セタガリナノカ？」

「動きやすさを重視してんの！」

スカートすら知らないコビトの笑いのツボを押さえることは難しい。

エマも似た感想を抱いたようで、だいぶ深いため息をついていた。

「オイ、クッキーガ無クナッタ。次ノヲ出セ！」

はいきた！　相手もだいぶ油断しているし、ここから反撃していく。まずパンを出す。これをちぎって床に置いた。

「これはパンと言って僕らは主食にしています。甘くはないですが、まずくはないはずです」

しかも美味しいって有名なお店で買った高級パンなんだ。コビトも何だかんだ慎重で、また毒味役が挑戦する。

指示したのはさっきと同じ偉そうなコビトだ。エマも気づいていたのか耳打ちしてくる。

「あれがリーダーかな?」

「僕が合図したら、あいつをやってほしい」

「策があるんだね。信じるよ」

毒味役がちぎった分を食べ終えて、また感想を漏らす。

「甘クハナイ……デモ不思議ナ食感ガアッテ、好キ」

「ヨッシャ、残リモ落トセ!　俺タチモ食ウッ」

「はいはい、今渡しますよ——」

有毒　50LP
付与　150LP

——これをプレゼントとして追加してね。

パンを置いた瞬間から一斉に群がるコビトたちを僕は眺める。意外にもリーダーっぽいのはすぐには飛びつかなかった。

これは狙いが外れたけれど、他のコビトたちがバッタバタ倒れていくので良しとしよう。

「ヒャウ……」

「腹ガァアア」

「ヤイコラ、何ヲ入レタ巨人⁉」

「エマ、今だよ」

「ほいさ!」

【風撃】を床に向けてぶっ放してくれた。

狙いはさっきのリーダーっぽいゴブリンだ。所詮はコビトで防御力は低い。

悲鳴を上げることすら許されずに押しつぶされてしまった。

「ボス⁉」

「ボスガヤラレタ⁉」

やっぱりボスだったんだ。ずっと誰もそう呼ばなかったのは、バレたら狙われるかもと用心していたのだろう。

統率者を失った上に食中毒にかかったコビトが大量にいるのだ。

阿鼻《あび》叫喚《きょうかん》で無事なやつは逃げようとしたり、立ち向かってこようとしたりする。

「僕らも暴れよう」

「散々バカにして! 絶対許さないし!」

ここからはノル&エマ無双を炸裂することに成功した。食中毒で苦しんでいるのがほとんどだったので、大した抵抗もない。

一体一体は弱く、また統率も取れていないので戦闘は数分程度で終了した。

「ノルは、あのパンに何したの？」

「あとから渡した方には毒を貼り付けたんだ」

「さっすが！」

パン、と小気味良いハイタッチの音が部屋で鳴る。奥のドアをチェックすると、予想通り開いたので先に進む。

通路が長く伸びている。まだクリアじゃないんだろうか？　注意しながら歩いていると急に手を握られてビクッとする。

エマだとわかってすぐに安堵《あんど》したけど。

「こういうの子供の頃を思い出すよね～。よく二人で色んなところ冒険したじゃん」

「覚えてるよ。エマの方が積極的だったなー」

「だってノルと一緒にいると楽しいんだもん。今も楽しいけど」

エマはそう言ってニッと笑った。こういう時のエマは特に可愛《かわい》いんだよな。

「ねぇ、あれしよ。小さな頃もやったやつ。洞窟の中でチュッとしたでしょ」

「今度はダンジョンの中で？」

「平気平気。魔物もいないし！」

確かに、特に罠もなさそうなので僕は彼女の要求に応える。肩を摑んで、そっと唇を重ねる。

そういえば昔、エマは言ってたっけ。ダンジョンの中でキスされたいって。

「十年越しくらいに夢叶《かな》った？」

「あは、あれ覚えてた？　うん、すっごく嬉《うれ》しい！」

気分が高まったみたいで今度はエマの方からしてくる。二度目が終わると、僕らはまた探索を再開した。

【迷宮階層移動】を使用可にしたいので、休み休みいく。

スキルが復活した頃、階段が見つかった。

「あったよ！　ついに来たね～」

「……うん、ついに十五層にいける。師匠を助けるヒントがあるはずなんだ」

僕はドキドキとワクワクを共存させながら、一段一段嚙《か》みしめるように階段を下りていく。

ひんやりとした空気が肌に触れる。縦長の空間が広がっていて、灰色の壁や床は濃い灰色。

とてもシンプルな場所だが、奥に大きな石碑がある。

その近くには鎖で繫《つな》がれた人らしきものが見えた。壁から伸びている鎖には既視感があった。

「あれって……まさか」

近寄って見ると、鎖に繫がれた師匠がいた。

「師匠⁉」

僕の呼びかけに師匠は全く反応しない。いつもはある念話も聞こえてこない。そもそも師匠は二層にいるのに、どうやってここに移動したんだろう？

「ねえ、これ見て」

エマが注目しているのは石碑だ。でかでかと文字が刻まれてある。

『殺さず解き放て　道は開かれる』

この文字数なら、こんな大きい石碑じゃなくてもいいのに。

しかしわかりやすいメッセージだ。

師匠の姿をしたそれを鎖から解いてやれば、下層に行くことができるってこと。

鎖は案の定、死鎖呪だったが、淡い金色をした別の鎖も壁から伸びていた。

それが死鎖呪に絡みついている。

創造の鎖という名前でスキルは【複製】が入っている。ランクはS。

本人の能力は隠されておらず、こちらも鑑定できる。

名前：死鎖呪・オリヴィア・コピー
レベル：４２０
スキル：創作　編集　付与　火炎球　火炎竜撃　火属性魔法強化

あれが死鎖呪本体ってことかな？　そして僕が師匠から受け継いだ三種の神スキルが同じくある。

ただ、その他スキルがたった三つだけか。

師匠は僕に渡せなかったスキルがもっと大量にあると話していた。

レベルだって、師匠本来のものには届かないだろう。

師匠を捕らえた二百年前から、創造の鎖を使って姿形や能力を複製していたのだろうか。

それでも不完全だって考えると師匠の偉大さがわかるな。

「ね、あれオリヴィアさんのそっくりなの？」

「二層から情報を送って、師匠の偽物を作ったみたいだ。けど能力は完全じゃない。それでも強いけど……」

「解放する？　それしか道ないっぽいけど」

「あれが師匠を苦しめている本体の可能性がある。戦うにしても、まずは解放しよう」

「あたしに任せて」

エマが【風斬】でオリヴィア・コピーと繋がっている鎖を切断していく。

風の刃は強力で、すぐに彼女は自由の身となった。

解放しないまま攻撃すると十六層に通じる道が永遠に見つからないってこともあり得る。

よって、この選択は間違っていないはず。

『ンンンンン〜〜〜〜〜〜〜〜〜』

偽オリヴィアは長い睡眠から覚めた時みたいに伸びをする。

髪も顔も服装も師匠そのものだが、こちらは目がちゃんと開くし、体も動かしている。

声だって念話じゃない。発声器官を使っていて、喉元に反応があった。

すごく、複雑な気分だ。僕は本物の師匠のそういう姿が見たいんだ。

『やっほぉー。君たちが解放してくれた人？　あーりがとねぇ。オリヴィア、自分じゃ鎖から抜けられなかったんだ～』

話し方や性格までコピーしているのに腹が立つのはなぜだろう。エマが、偽物に尋ねる。

「石碑に、解放したら下への道が開かれるって書いてあるよ。教えて」

『いいよ。お礼に教えてアゲる』

無造作に手を振る偽オリヴィアに僕は嫌な予感がして、咄嗟《とっさ》に動き出す。エマを抱き寄せ、横っ飛びをする。

直後、大きい火炎球が石碑を直撃して、とんでもない威力をもって粉砕した。

「あ、危ないじゃん！」

『ごっめん。別に君たちを攻撃したいわけじゃなくてー。ほら、そこ』

石碑が壊れたところに階段が誕生した。

いや、石碑が小さめの階段を隠していたのだ。

無駄に大きかったのは、そういうわけなんだね。

『もう下にいっちゃうの？』

「あたしたちが行くの、止めないの？」

『別に止める理由もないしね〜。オリヴィア、せっかくの自由を得たわけだし、それを満喫したい』

この辺で蓄積していた怒りを抑えきれなくなった。

「師匠の真似をするな！　お前が死鎖呪だってことはわかってるんだ！」

『えぇ〜、バレてたの。オリヴィア大大大ショック――――なんちゃってぇ』

「お前を倒せば、師匠が解放されるんだ。そうだろう？」

『知らなーい。でも、オリヴィアも力試ししたいなって思ってたんだよねー』

間延びした口調だし笑顔だが、雰囲気がだいぶ変わった。

間違いなく強敵だけれど、複製が不完全であるなら僕らにも勝機はある。【石弾】を使う。デカくしすぎると破壊力は上がるが速度が落ちるので、40を選択した。

ゴッッ！

偽オリヴィアは飛来したそれを蹴り上げた。石はすごい勢いで天井にぶつかる。身体能力も半端じゃないってことか。

『今度はこっちの番ね〜』

竜を象《かたど》った炎が偽オリヴィアのそばに生まれる。結構な大きさの炎に圧倒されるし、熱が離れていても伝わってきた。【火炎竜撃】だろう。

えい、という軽いかけ声がすると、火竜が強襲する。僕もエマも逃げて無事だったが、火竜は生物のように僕に追撃してくる。

動き自体は直線的なので、サイドステップの連続でどうにかなる。

……が、しつこすぎる！

炎の顕現時間はどのくらいなんだろう。火属性魔法の強化が入っているから長いのか。

僕が逃げる間、エマが代わりに本体を叩《たた》きに向かってくれる。

『ウンウン、両手短剣術BかAはありそ～。オリヴィアには掠《かす》らないけどさ』

「キャッ⁉」

偽オリヴィアはエマの高速短剣を全部かわし、隙を見つけて前蹴りを繰り出す。

軽そうに見えて体を何メートルも吹っ飛ばす威力がある。

レベルが高いってことは基礎的な戦闘能力が優れているってことだ。身体能力や魔力関連が全体的、または部分的に優秀。

師匠はどちらにも秀でていた上に、スキルの数もとんでもない。だから伝説にもなれるのだが。

この場で倒せる相手じゃないと僕は判断して、エマのところに駆け寄る。

「一旦引こうっ」

エマを抱っこして階層移動スキルを発動させる。

まだ火竜が追いかけてくることに苦笑しつつ、穴の中に飛び込んだ。

7話　偽オリヴィア

二層に到着すると、僕はまずエマの蹴られた部分を調べる。

痛みはあるようだけど、骨は折れていないし重傷でもなさそうだ。まずは胸をなで下ろした。

『ちょっとノル君。その子誰！　オリヴィアって人がいながら～』

こちらが本物の師匠だ。偽物と違ってまだ鎖に繋《つな》がれたままだし、体だって自由に動かせない。

僕はエマの紹介をし、さっき起こった出来事をすべて話す。さすがの師匠も自分の複製が作られていたことには驚いていた。

ただ、やはり相手は不完全だ。師匠本来のスキル数とは比べものにならない。レベルだって桁が違うらしい。

【創作】【編集】【付与】は、僕に継承する前にコピーされていたってことだろう。

『スキルは少ないし、レベルも低い。案外へぼいやーん。ノル君なら楽勝で倒せるっしょ』

「今、負けかけてきた人にそれはキツいお言葉ですよ……」

「オリヴィアさん、本人にこんなの失礼かもしれないけど、弱点とかないんですか？」

『エマちゃんだっけ。胸のサイズは？』

「エッ」

『オリヴィアより大きいよね？　教えてあげなーい！』

師匠は時と場合を考えずに冗談を言う人だ。慣れていないエマは大分ペースを乱されている。

おふざけは抜きで、本気で弱点がないか訊《き》くが師匠にもわからないようだ。まず誰かに負けたことがない。

「師匠だって、苦戦したことくらいあるでしょう？」

『ンーーーーーーー。…………あ。…………………あった………………気が…………するような…………』

「覚えてないんですね……」

『でもあったはず！　しかもノル君の街で戦った相手だったような記憶が』

まあ二百年前だもんな。正確なこと覚えていたらそれはそれで怖い。

師匠に関する文献は実は結構残っている。

テキトーな作り話も多いと聞いていたが、中には事実を記載しているのもあるかも。

『っていうかさ、別にそいつ無視したらいいじゃん。オリヴィアはいいから十六層へ進みなよ～』

「嫌ですッ。僕は絶対にあいつを倒します」

『……そっかぁ。じゃ、ちょっぴりだけ期待してる。けど、死なないことが一番のオリヴィア孝行だからネ。覚えておいてネ』

「絶対に倒します！」

そう約束してから、僕はエマと一緒に隠しダンジョンを出る。

街に到着後は、エマとは一旦別れることにした。

「両親の知り合いに、歴史に詳しい学者さんがいるの。その人に当たってみる」

「頼むよ。僕は僕で調べてみる」

まずは一番大きい図書館に足を運ぶ。利用するのに少しお金がかかる。

まあ食事一、二食分なので躊躇《ちゅうちょ》はない。問題は、重要な書物は一般人に解放されることは少ないってことかな。

僕は街の歴史や冒険者の歴史が記載された本に目を通していく。

さすが、師匠は有名冒険者系の本には名前が載っている率が高い。

強さの本質をちゃんと理解しているものはなかったけど。

摩訶不思議《まかふしぎ》な魔法で敵を圧倒するって表現がほとんどだった。

街の歴史を調べていたら、師匠がここの有名な宿に宿泊していた際にリトリーヌと対決して勝利したと記載されていた。

リトリーヌって誰だ？

名前まで載るくらいだから結構有名なのだろう。

リトリーヌについて調べる。

この街では結構な有名人だった。聖女で街の発展にも貢献した人のようだ。

学校でも習った覚えはないけど、すごい人は昔もいっぱいいたんだな。ルナさんとか詳しいかもしれない。

他にこの街で師匠と闘った人の情報はないのでリトリーヌに絞って調べる。

わかったことは以下。

怪我《けが》の治療が得意。

聖女なのに気性が荒い。

女性で長身、身体能力が異常に高い。

回復系であり肉体派でもあるってことか。もう本では知識を得られないのでルナさんに会いにいこう。

神殿につくと、僕はゲンナリさせられる。休日なのに長蛇の列ができている。仕方ないので並ぶ。

順番が回ってきたのは一時間半後のことだ。

「ノル殿、わざわざ並ばずとも、言ってくれれば」

「一応順番は守ろうかと思いまして。聞きたいことがあるんです。二百年前の聖女でリトリーヌって知ってます？」

「当然知っているぞ」

当たって良かった！

聖女の職に就く際に、過去の有名な聖女についてはちゃんと習うらしい。

特に自分の街の聖女は本も読んで勉強するとか。リトリーヌの聖女としての歩みをまとめた本も神殿にはあるようだ。

僕は事情を話して、本を読ませてもらえないか頼む。

「普通部外者には見せないのだが……少し待っていてほしい」

ルナさんは年配の神父に相談しにいく。頭を下げたりしている。僕のために、本当に感謝しかないよ。

「神殿内で読むなら大丈夫だそうだ」

「いつも助かります！」

年配の神父が小部屋に案内してくれる。彼が別の場所から本を持ってきて、テーブルに置く。

僕は礼を述べて内容を確認していく。リトリーヌの生い立ちから生涯を終えるまで。

慈悲心と闘争心を持ち合わせた珍しい聖女だったと。

その性格故にトラブルも多かったが、救われた人は数知れず。

まぁ完璧な人間なんていないよね。

人間、良《い》い部分と悪い部分があって当然なのだと最近思うようになった。

彼女は戦闘能力が高く、回復魔法を駆使しながら敵を倒す。攻撃スキルで【生《い》け贄《にえ》】を覚えていたそう。

これは己のスキルを犠牲にして、己を強化するもの。

初めて聞いたな。相当レアに違いない。

スキルは犠牲にしたら使えなくなる。つまり、苦労して会得したものを一時の戦闘で失う。

代償が大きい。持っているスキルがすぐ無くなるのでは？

この疑問のアンサーがちゃんと書かれてあった。

リトリーヌは、スキルをとても覚えやすい体質だったのだ。

「なるほどね。次々と覚えていくから問題ないわけか」

ドラゴンすら圧倒したというし、師匠を多少なりとも苦しめたのはこの人じゃないか。僕も生け贄があれば、偽オリヴィアに対抗できるかもな。

生け贄　５００ＬＰ

思ったよりずっと簡単に創ることができる。ただ名前も怖いし、内容もしっかり確認しておこう。

〈覚えたスキルを犠牲に一定時間、身体能力、魔法威力が上昇する。強力なスキルほど上昇幅がアップする。また、一度に一つ犠牲にすると一分間強化。二つで三分間強化。三つで五分間強化〉


強化時間短いなっ！

さすがにスキル犠牲にするし、もっとあると思ったのに……。内容も結構複雑だ。

結論として最強なのは、Sクラスのスキルを一度に三つ犠牲にすることだ。これだと五分間、大幅に能力がアップする。

同じSスキル三つでも、一つずつの犠牲だと三分しか強化できない。これ判断力も求められるな。

取得しておく分には問題ないのでLPを支払う。

スキルは【創作】で量産できるから僕とは相性がいい。

問題はコストパフォーマンスがどの程度になるかってことだ。この辺は徐々に試していくしかないね。

外に出ると暗くなっていた。

エマの家に寄り道して、リトリーヌの説明をし、何かわかったことがあったら教えてと伝えた。

朝日が昇る頃、僕は街の外に出ていって【生け贄】の実験をする。

場所はこの前シーフゴブリンを倒した山の麓《ふもと》だ。

練習でスキルを失うのは少々勿体《もったい》ないけれど、本番であたふたするよりはマシだから。

とはいえ、さすがに強力なスキルを犠牲にする気にはならない。

そこで【フロントステップ強化】を差し出してみる。

これなら300LPなので、あまり痛くないしな。スキルを生け贄にすると胸の内で声にする。

「フォッ⁉」

間抜けな声を漏らしてしまうほど、強烈な感覚が僕を支配する。体の芯から力が溢《あふ》れるのに、体が軽快でもあるっていう。

不思議な感覚を楽しみたいけれど、一分間しか保《も》たないので技を試していく。

まず【白炎《はくえん》】を何もないところに噴射した。明らかに炎の大きさが違う。普段を知っていれば誰でも強化されているのがわかる。

じゃあ【紫電】はどうだろう？

電気が指先から放たれる。

すぐにわかったのは速度が上がっていること。さらに射程距離が伸びていることだ。四メートルはあったんじゃないか今の。

このスキルの通常射程は三メートル前後なんだ。

一時的にとはいえ、【編集】もしていないのに内容改変してしまうのだから、驚嘆に値するスキルだよね。

魔法の威力アップは実感したから次は身体能力のチェックに移る。

てや、と細い木をキックしたところ、いとも簡単にへし折れた。用意していた果物を使って握力なども調べる。

リンゴよりもずっと堅いフルーツを全力で握りつぶす。生まれて初めて、グシャッとやることに成功した。

――と、ここで効果が切れたのが感覚でわかった。

辛《つら》いとかはないけど、強化状態がパワーに溢れているのでギャップですぐに判断がつく。

「レア度的には低いスキルで、ここまで底上げしてくれるんだな」

そりゃリトリーヌさん、師匠相手でも善戦できるわけだ。まあ、げに恐るべきは、そんな彼女にもちゃんと勝利を収めて忘れちゃってる師匠だけど。

【生け贄】に欠点があるとすれば、やはり強化時間の短さだろう。

偽オリヴィア相手なら、三つ差し出して五分に伸ばすのが得策かな。

フロント、サイド、バックのステップ三兄弟ならば、合計700LPで済む。

総合的に見ると、低スキルでは実力が二、三割増しになると見ていいね。

高スキルも試したいけど……さすがに数千LPは勿体ない病の僕には無理だ。

実戦でやるしかない。要領は大体わかったので問題はないでしょう。

【フロントステップ】を創り直して、僕は街に戻る。出るときには門番が二人いたのに、一人しかいない。しかもソワソワしている。

「泥棒でも出ました？」

「や、そうではなく、先ほど傭兵《ようへい》が襲われて金を奪われたようだ」

「傭兵を襲うなんて肝が据わってますね。しかも強いと」

「犯人は女らしい。それとは別かもしれんが、昨晩から何人も襲われてて物騒だ。両者とも調査してるが、一応気をつけろ」

「ご忠告感謝します」

傭兵を狙うなんてよっぽどお金に困っていたのだろうか。エルナ先生みたいな怖い人だって大勢いるのに。

ともあれ、朝の市場で買い物でもしていこう。ちょうど入荷される時間だし。

新鮮な果物を買って帰ったら母上とアリスが喜んでくれる。

「クソォ、何なんだ、あの女ァ……」

「派手にやられたな。そんなに強かったのか?」

市場に通じる道の端っこで、あざだらけの顔をした男性と衛兵が会話している。彼が襲われた傭兵なのだろう。興味から僕は歩調を緩くして耳を傾ける。

「俺をいたぶって、遊んでやがった……。剣まで奪われたんだぜ」

「お前だって腕は立つだろうに。どんな女なんだ?」

「水色の髪をした、すげえ美人だ」

ッ!? 僕は思わず立ち止まる。十六年住んでいるけど、水色髪の美人をこの街で見かけたことはない。

確かめなきゃいけないだろう。二人に近づいて質問する。

「失礼します、その水色髪の女性は白い服を着ていました？」

「お、おう。まさか知り合いなのかっ」

「いえ、まさか。ただ、さっき見かけたような。身長はこのくらいで……」

師匠の特徴などを述べていくと、彼はそいつに違いないと力いっぱい叫ぶ。

何てことだ。

偽オリヴィアが隠しダンジョンから抜け出してきたってこと？

そんなのあり得るんだろうか。僕や虎丸みたいに外の生物が脱出するならわかる。

けど偽オリヴィアは隠しダンジョンに生み出された存在のはず。普通は外には出ない。というか、ダンジョンの出入りには呪文が必要だ。

偽オリヴィアだけは例外なのか——

「——アッ！　あいつ師匠の記憶までコピーしてるんだ⁉」

出入り口の鉄門を開閉する合い言葉はインパクトが強い。

実際、師匠とも雑談の中で話題にしたこともある。あの忘れっぽい師匠だって覚えているほどだもん。

傭兵によると、彼が金銭を奪われたのは約三十分前。

けど門番の人は、昨晩から何人も襲われていると話していた。昨日の内に街に着いていて、傭兵は数人目の被害者なのかも。

何が目的で金を奪うんだ？

【大賢者】に偽オリヴィアの場所を尋ねる。把握してるか不安だったが、ちゃんと返ってきたのでそこへ急ぐ。

指定の場所に誰もいないぞ。僕が来る前に移動したんだ。

近くにパン屋があったので店主に女性が来たか訊いてみた。

「来た来た。作りたてを大量に買っていった。すっごい美人なのに明るくて気取ってなかったな。俺もついオマケしちまった」

「お金を払いました？」

「そりゃもちろん」

「他に、どんな会話したか教えてください」

「美味《おい》しい酒や食べ物がある店を教えてくれって。昨夜から色々巡ってるらしい」

金銭を奪っているのは物を買ったり飲食するため？

師匠の記憶があるから行動も似てくるのかもしれない。去っていった方角を教えてもらって、追跡再開する。

「まずいなぁ……」

とてもまずい。偽オリヴィアはＬＰがいくらあるんだろう。

昨日の時点では大したことがなかったとしても、今はどうかわからない。一晩中、美味しい物を食べていた可能性だって高い。

ＬＰは欲望と結びついている。

僕の場合だとエッチなことが一番増えて、次に特殊な美味しい料理を食べること。

強い物欲を満たしたり、大事な物事をクリアした達成感などでも一応入る。

英雄学校に合格した時、数百ＬＰだけど入手した。師匠を助けられたら、すごく入りそうだな。

師匠だってそこは基本同じだ。

二百年前は性欲全開だったみたいだけど、枯れちゃったのか偽オリヴィアは食欲の方を優先しているように思える。

僕も偽オリヴィアもＬＰが貯《た》まれば貯まるほど強くなっていく。

「いた！　偽オリヴィア、止まるんだ」

道の真ん中を堂々と歩いていた。度胸は認めるよ。

『あっは、ノル・スタルジア君だ～』

すかさず鑑定しておく。レベルについては変動がなかったけど、スキルは違う。【鑑定眼】が増えていた。

うわ、やっぱりちゃんと理解しているな。あれがあることで、他者の能力が見える。

あれで【編集】が水を得た魚になるんだ。といっても、スキルはまだ一つしか増えていないのか。そう思った矢先、僕は泣きたくなる。

傭兵から奪ったであろう剣。鞘《さや》に収まってはいるが、やたら強力だったからだ。
【軽量刃】【鋭刃】【雷纏刃《らいてんば》】
あまり強くない傭兵が持っている武器にしては妙に優秀だ。
こんなの持つ人なら、普通あんなボコボコにはされないでしょ。
偽オリヴィアが奪った後に改良したと考えるのが自然かな。
『君も確認してるっしょ？　オリヴィアも色々覗《のぞ》いてるし～』
……おや、急に武器のスキルが見えなくなったぞ。
【アイテム鑑定眼】がなくなってるじゃんか⁉
『なはははは！　気づいた？　壊しちゃった、しししっ』
武器を見られたくなかった？　絶対に違う、もう僕が確認してるのは知っていたはず。
遊び心ってやつでしょうね。
こういうところまで師匠の真似《まね》をするんだな。
僕はすぐにスキルを創り直した。
これも相手にはスケスケなのが正直気にくわない。
茶番に付き合うつもりはないのでダッシュして斬りかかる。金属音が街中に響く。
結構速く動けた自信があったのに、楽勝って様子で受け止められた。
交わった僕と偽オリヴィアの剣が押し合いを始める。

つ、強い……。僕は単純な腕力でも負けているようだ。

こっちは歯を食いしばって踏ん張っているのに、あっちは余裕綽々《よゆうしゃくしゃく》の笑顔を作り出す。

一度押し返して、そこから斬撃の嵐を繰り出す。

キンキンスカッ、キンキンスカッ、キンキンスカッ――

二回受けられて三回目で流される、を三セットもやられると、さすがに僕もプライドが傷つく。

「いい加減にしろ！」

『これは逃げとく～』

下段から入る渾身《こんしん》の斬り上げはバックステップで躱《かわ》されてしまった。強化入っていないのに、僕よりずっと遠くに飛べるらしい。

これがスペックの差ってわけか……。ほんの少し戦うだけで痛感させられる。

これの何倍も強い師匠って、化け物も逃げ出す強さだったんだろうなぁ。

「いたぞ、あの女だ！」

目立ったせいで、七、八人の衛兵たちに発見されてしまった。僕が止める暇もなく、彼らは偽オリヴィアを包囲する。

この状況は不安しかない。相手が少し殺意を持てば、何人かは確実に殺されてしまう。

『あーもう鬱陶しい～。少しほっといてくれないかな～。逃げ道は』

「俺たちから逃げられると思うなッ」

『跳躍Sを創っちゃえばいっかぁ』

もう完了したらしく、彼女は衛兵の頭を軽々と超えて建物の屋根に着地するジャンプ力を見せつけた。

そのまま何度かジャンプで移動して、すぐに姿が見えなくなってしまう。衛兵たちは口が開きっぱなしだ。

「しょ、少年、よくあんなのと戦えていたな」

「僕は鑑定眼がありますが、あれは人間じゃありません」

「何だって言うんだ⁉」

「死鎖呪という意思を持った魔道具です。あの姿は一般の無害な人に化けていて、本来の姿形じゃありません。あと今のところ危険性は低いので、無理に戦わない方がいいです。レベル420ですからね」

「ハァァアアア⁉」

「今の情報を上の人や兵士に共有してもらえますか？」

衛兵たちは戸惑いながらも承知してくれた。

ああ言っておかないと、師匠が自由になって街に戻った時に犯罪者扱いされてしまう。手前味噌《てまえみそ》だけど、僕っていい弟子じゃないかな。

しかし偽オリヴィア強い。逃げたくなるほど。

勘だけど師匠は欲望に忠実に生きていた分、一度で入るＬＰが僕より高いのかもしれない。

そう仮定すると、放置すればするほど分が悪くなる。

無関係の人は巻き込みたくないけど、誰かにサポートしてもらわないと勝てないな。

信頼できる仲間に相談しにいこう。

◇◆◇

エマ、ルナさん、レイラさんの三人に集まってもらった。平日の朝から申し訳ないと思う。

ローラさんは腕力などすごいが、経験の面で不安が残る。

何より本人が戦闘好きじゃないので呼ばなかった。

通勤の人で溢れる街中、僕はあらましを三人に伝えた。

「……あたしたちだけで、勝てるかな？」

エマは直接対峙《たいじ》しているから偽オリヴィアの脅威を知っている。

ギルドに頼るのも手だが、相手が相手だ。Ａランク以上でもないと返り討ちにあう。

けれどＡやＳの人は稼げる遠征が多くて、街にいないことも多い。

「まずはこのチームでやりたい。僕がメインで戦うから、サポートをお願いするよ。歯が立たない時は、ギルドマスターにお願いしてみよう」

「この魔法銃、ノル殿のために使おう」

「わたしも、ノルくんにはいっぱい恩があるわ。返すわね」

ルナさんが銃を出し、レイラさんが拳を重ねる。

二人とも美人なだけじゃなく、凜々《りり》しさも兼ね備えているから尊敬する。

迷いが吹っ切れたように、エマも短剣をそこに出す。

「あたしも頑張るっ。みんなで、絶対勝とうね」

「偽オリヴィアを絶対に倒そう！」

最後に僕が剣を添えて、決意の表明をする。

信頼できる仲間が一番の財産。

心から思うよ。

大賢者で居場所を確認して、四人でそこへ急ぐ。

さっきとは随分離れたところに、偽オリヴィアはいた。

街に流れる川の上に作られた大きな橋。この手すりに座ってリンゴを美味しそうに頬張っている。

『今度は仲間連れてきたんだぁ。勝ってってるかなー、その人数で』

「狙いは何なんだ？　どうして街に入ってきた」

『オリヴィアの役目は、侵入者に希望を与えておきながら排除すること。けどね、そういうのどうでもいい』

十五層のことだ。

石碑を壊して階段を出した後、私を倒せたら通っていいよという展開にするはずだったんだろう。

ところが師匠の性格までコピーしたから、奔放になりすぎた。

今も僕らを倒すことには、こだわらないみたいだし。

「本物の師匠、いやオリヴィアを解放できるの？」

『ムリムリー。強引にやると死んじゃう。どーして助けたいわけ？』

「あんな狭いところに二百年なんて、辛すぎるよ。師匠には自由でいてほしい。当たり前だ」

『不自由なだけじゃなく、痛みもすさまじいからネ〜。定期的に、激痛を与えて反応から情報を得るんだ』

「やっぱり……」

『助けたい？　かわいい！　でもオリヴィアを仕留められるかな？』

「倒してみせるさ！」

僕は【石弾】を放つ。偽オリヴィアは手の力だけで手すりから空中に舞い上がる。

そして、大橋の上にきちんと足から着地した。幸い、近くに通行人はいない。戦う場所としては悪くないな。

僕は最初から飛ばす。ステップ三つを犠牲にして、【生け贄】を発動させた。

一瞬で距離を詰め、剣戟《けんげき》を開始する。

『ありゃ？　いきなり、強く、なってないー？』

さっきは完敗だったけど、今回は力負けしていない。

この状態は五分維持できる。短時間で勝負を決めたいね。

偽オリヴィアはブツブツ言いながら対処している。まだ余裕があるってことだ。

【鑑定眼】を発動させているのかな。僕のスキル構成に変化がないことを不思議に思っている様子だ。

『ああん、オリヴィア負けちゃう！』

こちらの刃が大きく偽オリヴィアの剣を弾く。相手が大きく仰《の》け反《ぞ》る。明らかに勝機だし、僕も勝負を決めにいく。

「ノル、罠《わな》だよ！　剣に注意して！」

エマの一声でハッとした。敵の剣が雷属性を帯びているのだ。【雷纏刃】に違いない。

咄嗟《とっさ》に後ろに下がった。

【バックステップ強化】を消した影響もあって、相手の一振りがお腹《なか》を掠《かす》る。

激痛が走ったかと思うや、痺《しび》れて体の動きが利かない。【麻痺《まひ》耐性C】はあるが、相手が完全に上回っている。

戦闘中に数秒動きが止まるのは、相手に斬ってくれと言っているようなもの。

『オリヴィアの勝ち〜』

刃が僕の首を落としにくる。

「あぁぁあっ⁉」

怪我覚悟で割って入ってきてくれたのはエマだった。短剣で電気を纏《まと》う剣を受け止めてくれたんだ。

雷や麻痺の耐性がないのに、僕を助けるために……。

「うあああああ！」

ガラ空きの偽オリヴィアの脇腹に突きを繰り出す！

相手には逃げられたけど、エマは感電から解放された。

ルナさんとレイラさんが応戦してくれるため、倒れたエマを痛まないように抱く。

「……ノー、ル、平気？」

「僕より自分の心配するべきだよ。すぐルナさんにこっち来てもらうから」

「あり、がと。無理しないでね」

「こっちこそ、エマのおかげで命拾いした。痛い思いさせて、ごめん」

僕がもっと上手《うま》く戦えれば良かった。エマは気を失ったが、呼吸や心臓は安定している。幸い、致命傷にはなっていないようだ。

あのレイラさんも、雷属性の剣に近づけないで苦戦している。僕一人が耐性を上げるより、あちらを弱体化させた方がいいな。

【編集】で調べると、【雷纏刃】の破壊にはたった400LPしか要求されない。

恐らく剣自体がもう限界に近いんだ。あれは傭兵から奪った平凡な剣。特殊なスキルに長く耐えられる逸品ではないってことだね。

放っておいても刃が折れるかもな。

それでも僕はスキルを壊した。まだ約6000LPあるので十分戦える。

『何でぇ？』

「よそ見は命取りよ！」

ただの剣に戻ったことで偽オリヴィアに隙が生じた。レイラさんが攻勢に出る。

本体を狙っても身体能力で躱されると判断して、剣を【魔拳】で壊しにいった。

魔力が込められた強力な拳で、相手の剣が見事にへし折れる。好機に僕も加勢した。

「ルナさん、エマを安全な場所で回復させてあげてください！」

「承知した」

彼女がエマを連れて逃げる時間を稼ぐ。偽オリヴィアの視線がそちらに向くので、僕が正面に移動して視界を遮る。

『大切な人、なんだねぇ～。羨ましいかもっ』

「食らえ！」

「これで終わりよ！」

僕の剣とレイラさんの拳による連携が、中々当たらない。気合いはたっぷりなのに、ヒラヒラとした蝶《ちょう》のような動きで掠りもしないんだ。

とう、と偽オリヴィアは人間離れした跳躍をして、楽々と僕らの挟み撃ちを抜け出す。

『その熱い気持ちに、オリヴィア応えてあげるねっ』

【火炎竜撃】⁉　またあの恐ろしい竜炎が顕現して、こちらに飛来してくる。

僕らは大橋をいっぱいに使って逃げ回る。今はそれしかできない。偽オリヴィアは敵ながら見事なほど巧みに竜炎を操る。

どっちか片方だけを狙うのでなく、タイミングを見て標的をチェンジするんだ。

こうすることで、本体が攻められることを防いでいる。

スキルの破壊は要求ＬＰが高くて無理だ。ただ【編集】で確認すると、炎には制限時間があるとわかった。

しかも、時間が経《た》つに連れて炎も弱まっている。あとちょっと逃げれば反撃のチャンスが――

「レイラさん⁉」

フラフラとして、彼女の様子がおかしい。僕の声にも反応しない。

そばには竜炎が迫っているのに、ボーッとしたままで逃げる素振りを見せないのはなぜ？

僕は覇者の盾を出して、彼女の前に飛び出る。竜炎が彼女に突撃する。

ギリギリだけど間に合った。衝撃はかなりのものだったが、【火耐性A】があること、炎が弱まっていたこともあって難を逃れた。

『あーあ、また人集まってきちゃったなぁ。オリヴィア、面倒なの嫌いだし移動するネ～』

「逃げるな！」

追いかけたいが、やはりレイラさんがおかしい。放ってはおけない。

「体調悪いですか？」

「何か、急に熱っぽくて」

アツッ！　レイラさんの額に触れたところ、明らかに熱が出ていると感じ取れた。風邪かと思ったが念のため鑑定して……僕は精神的ショックを受ける。

【体温＋５度】

体温なんて一、二度上がっただけで体に影響が出てくる。それが五度って……。

いつの間にか偽オリヴィアが仕掛けていたんだ。何て狡猾《こうかつ》なんだろう。

僕はすぐに無効にした。ＬＰは大したことがない。

「スキルを付与されていたんです。壊しましたが、熱が下がるまで少し休んでください。僕がいきます」

「治ったら、すぐ追うわ」

端の方でレイラさんを休ませ、僕は偽オリヴィアを追跡する。背中を捉えるまでにそう時間はかからない。

あっちはスキップしていたからだ。当然か、今のところ逃げる必要なんてないんだから。

『鬼さんがキタァーッ』

「とか言いながら、足を止めるんだ」

『この辺、人いないしー。ぶっ倒すのにちょうどいいかなって』

地面も平坦《へいたん》で広い道だから確かに闘いやすくはあるな。

念のため、僕は自分の能力を調べておく。知らない内にスキルが付与されたり、破壊されていたら困る。

特に、壊されてはいけないものが一つある。

『創作が壊されたらどーしよー、って思ってる？』

「べ、別に思ってないよ」

『あははは、思ってる反応だしー！　安心して。壊す気ないし、そもそも要求ＬＰ大きすぎて壊せないもん』

師匠からのプレゼント、やっぱり安くはなかった。心底ホッとしたよ。

僕の能力の本質は、【創作】だったりするから。

さあ、あちらに武器はないから接近戦をしたいが、僕の方も多少問題がある。【生け贄】の効果が切れてしまった。

三つ創り直して、また強化するべきか、ここは思い切って上級スキルを犠牲にするか。判断に迷う。

そして瞬きをしたら偽オリヴィアが消えていた。

「え？　どこに？」

周囲を見渡すが姿がない。大人が隠れられるような場所なんてないぞ。

上だ！　遥《はる》か頭上から炎の塊が降り注ぐ。強化されまくった【火炎球】だった。

跳躍して上から魔法を放つ戦法か。盾で防げるか微妙なので直撃しないように逃げる。

一つ目から逃れる。二つ目もギリギリ逃れる。ここで体に違和感を覚えた。

が、止まってられないので走る。ところが明らかに動作がトロくて、三つ目は直撃こそしないものの服に触れてしまう事態に陥った。

たちまち燃え広がろうとするので、僕は土に転がってようやく消火した。

「おかしいぞ……」

原因がわかった。【鈍重】が付与されていたのだ。

すぐに解除して、長い滞空時間から戻った偽オリヴィアに【石弾】をお返しする。

発射された石は偽オリヴィアの手前で見たこともないカーブを描き、ブーメランのように戻ってきた。

「がはっ⁉」

対処しきれず、僕は自分の攻撃を自分で受けてしまう。

体は痛いし意味がわからないし、頭がパニック状態だ。相手が何かしたわけじゃなさそう。ってことは、スキル自体に問題があった？


【石弾】

〈魔力を消費し、直径10～100センチほどの石を生み出して発射する。その後、石は自分に戻ってくる〉


改悪されてるじゃないかーーーっ！

『気づいた？　橋にいたときに撃ってきたでしょ。慣れた感じだったから、いつか使うかと思ってやっといたー』

偽オリヴィア、洞察眼は鋭いし、センスも群を抜いている。

師匠の戦闘の記憶が多少なりとも関係あるんだろう。

何より悔しいのは、僕なんかよりスキルをずっと上手く使えることだ。

『諦めれば、生きることはできるよー。惨めにだけど』

「惨めに生きるのはそんなに怖くないよ。準男爵の三男なんて、平民で生きるよりもずっと惨めさを味わう人生だ。僕が君を倒すのは、そんな理由じゃない」

『師匠を助けたいんだね』

「あんな冷たくて寂しい部屋でずっと独りだったんだ。死鎖呪のせいで苦しんでたんだ」

『弱さがあったんだよ。強い方が利用していただけ』

師匠は弱くなんてない。

「僕の人生を変えてくれたんだ。必ず、師匠を助けてみせる！」

もうなりふり構わず、リトリーヌ戦法でいく。

【弓術S】を捧《ささ》げると決めた。これが３５００ＬＰだったことは考えないようにしよう。

一つなので、効果は一分しか保たない。

しかし強化幅は、ステップの時とは全然違う。

【紫電】を指先から暴走させる。飛距離は倍はあるんじゃないだろうか。楽々と偽オリヴィアまで届く。

馬鹿正直な、それも正面からの攻撃を受けるような相手じゃない。僕が撃ったのは肉薄するための時間を作るためだ。

強化された身体能力からの一足飛びは、僕の願望を叶《かな》えてくれた。

『速っや――――とか言うと思った？』

二本指を立てた目潰しが、目玉を食らってやろうと急速に近づいてくる。

【柳流し】

偽オリヴィアの手の側面に、刃の腹を当てて受け流す。

大きく体勢を崩したオリヴィアが焦った顔をこちらに向ける。目が合った瞬間、僕はもう動き出していた。

【強斬】

全身の力を込めた大振りは確実に偽オリヴィアを斬り捨てた。

『きぁあああああ⁉』

人間を斬った感触じゃなかったな。もっと堅いものを切断した感覚だ。

偽オリヴィアの両手の先が鎖と化す。断末魔は今までの師匠の真似ではなく、死鎖呪として、憎しみの言葉をぶつけてくる。

『貴様を呪って――――』

最後まで聞きたくはないんでね。

トドメの一撃が死鎖呪を未練もろとも文字通り断ち切った。

師匠を象《かたど》っていた姿は、錆《さ》びかけた鎖へと大きく変容して、地面に虚《むな》しく残った。

「呪いたいなら呪えばいいさ。僕には、呪いを解呪できる仲間もいるしね」

僕は隠しダンジョンのある方角へ体を向けて、思いを馳《は》せる。

◇
◆
◇

隠しダンジョン二層、ドアの前で僕は一度深呼吸をする。
ここに来るまでの間、師匠に遭遇することはなかった。
その事実が僕を不安にする。だって解放されたのだったら、普通は外に出るだろう。
意を決して中に入ると、部屋の真ん中に師匠が立っていた。
壁から伸びていた鎖は、床に力なさげに落ちていた。
偽物じゃない、本物のオリヴィア・サーヴァントが僕に微笑を向ける。

『――ノル君、自由になれたよ』

なぜだろう。ふいに出会った時からのやりとりが頭の中で再現されていく。
胸が熱くていっぱいになって、気がつくと僕は涙を流していた。
「師匠っ！」
衝動に駆られた僕は、手を広げて待つ師匠の胸に飛び込む。
しっかりと、でも柔らかに体が包み込まれる。
『ありがとー、頑張ってくれたんだねー』
嗚咽《おえつ》しているので、まともな返事は返せなかった。

師匠の声音はいつもと一緒だけど、頭の中に届くんじゃなくて、耳から温かく入ってくる。より、そばにいてくれる感覚を覚えた。

「……長い間、ずっと痛かったんですよね。どうして、言ってくれなかったんです。僕が、頼りないからですか？」

『ノル君は優しいからねー。無茶してほしくなかったんだ。でもオリヴィアが思ってたよりも、ずっと強くて逞《たくま》しくなったよ〜。惚《ほ》れちゃいそう』

わしゃわしゃ、と僕の髪を撫《な》でる師匠。

まだまだ子供扱いじゃないですか。今回は頑張ったからリップサービスってことかな。

「一緒に、隠しダンジョンから出ましょう！」

『ヒャッホーー！　二百年ぶりの自由だよーッ』

僕は師匠と一緒に、一層に上がる。

潜んでいた黄金スライムが待ってましたとばかりに攻撃を仕掛けてくる。

師匠が見たこともない魔法で瞬殺していた。

「強すぎません？　二百年ぶりに目覚めた魔王って感じがします」

『創作で創ったスキルが大量にあるしー。ノル君くらいなら瞬殺できちゃったりして、キャッ』

「や、やめてくださいよ」

『にゃはははーん、ならば魔王の言うことは絶対に聞くのだぞ。まずは街についたらご飯をたのもーぞ』

「ははーっ」

母上の創作料理をお腹いっぱい食べてもらうことにしよう。

ダンジョンの外は、晴れ渡る空が続いている。こんなに天気が良い日は久しぶりだ。世界も師匠のことを待っていたのかもしれない。

あちこち寄り道しながら街に戻った。

すんなり自宅に帰って、ご飯を食べましょうとはいかない。門番が仲間をいっぱい呼んできたからだ。偽オリヴィアが暴れ回ったせいだね。

まあ、僕が事前に色々説明しておいたこともあり、牢屋《ろうや》に入れられるようなことは避けられた。

『できる男だねー』

「色々鍛えられていますからね。さあ、着きましたよ」

ようやく、自宅前に到着した。

師匠は行く当てもないようだし、しばらく僕の家に泊まってもらっても構わないと思っている。

「ようこそ、スタルジア家へ」

『おっじゃましまーす！』

師匠は僕より先にドアを開け、勝手に中に入っていってしまう。

うん、師匠らしいね。

番外編　悠久の時を超えて

ずっと冷たくて寂しい部屋にいたからだろうか。

スタルジア家のもてなしは、とても温かく感じた。

二百年前、まだ普通に活動していた頃でも、ここまで心地よい気分になったことはなかったように思えた。

交流が楽しかったのは言うまでもないが、それ以上にオリヴィアを驚かせたのは料理の美味《おい》しさであった。

スープ、肉、野菜、パン……何もかもが美味しい。味付けが二百年の間に変化しており、それがオリヴィアの口にやたらと合うのだ。

「師匠、そんなに食べて大丈夫ですか。ずっと断食していたわけだし、最初は重湯とかが安全なんじゃ……」

『こんな美味しい料理食べたことないかも！　超超超一流冒険者をも感動させる味だし、誇っていいよー』

「あら、嬉《うれ》しいわね。じゃあオリヴィアさん、これもどうぞ」

料理を褒められたことに上機嫌になったノルの母が、トンと最近開発した創作料理を出した。

父、ノル、アリス、虎丸はそれぞれ違う方向を向いている。

関わりたくないといった様子だ。

『……これ魚の刺身？』

「カエルの刺身よ～。ショウユをつけて食べると最高なの」

『ショウユ？』

「異世界人が伝えたものよ」

二百年前から――極稀《まれ》にだが――異世界人がこちらに迷い込むことがなくはなかった。

彼らは基本的にはこちらの世界に馴染《なじ》み、冒険者になることが多い。

しかし百年ほど前から、彼らの中に母国の料理などを伝える者が出てきたという。

黒っぽい液体が入った小皿をオリヴィアはちょっとだけ舐《な》めてみる。

うん、しょっぱい。

まずそれがくるが、すぐにえもいわれぬ香りが口内に広がっていく。

『案外、美味しいかもー。へ～異世界人もやるじゃーん。会ったらオリヴィア、抱きしめてあげよっかなぁ』

「現在は特にいないみたいですけどね。ショウユは素晴らしいのですが、問題はそっちで……」

ノルはカエルの刺身から目を逸《そ》らす。

オリヴィアは特に気にせず、ピンク色の刺身を食べる。

『ショウユがうまーい！』

刺身自体は大したことがないが、ショウユのおかげでだいぶプラスに働くとオリヴィアは感じた。

「気に入ってくれて嬉しいわ。ところでオリヴィアさん、すごいわね。あの有名な冒険者と名前が一緒なんて」

「それについて、僕から話します」

彼女こそが伝説の冒険者だ、とノルが伝えるとリビングが水を打つように静かになる。

『にゃはははは！　そう緊張しなさんな～、今はノル君の優しい師匠だから～。最高の弟子持ててさいこうでーすッ』

「そ、そうですか。息子はいい弟子ですかっ。すごいやつですか！　さすが俺の息子ォォォオ！」

オリヴィアとノル父がジャンプタッチを決める。昔はもう少しクールな性格だったが、二百年という時がオリヴィアの性格をいくらか変えた。

超超超ポジティブにならないと乗り越えられない時間だったのだ。

楽しい一夜を過ごした翌日、オリヴィアはショウユをもらって午前中から街の外に出た。肉や魚を焼いて、それにショウユをかけて食べようと考えた。

二百年ぶりに外に出れば変わっていることは多いが、あまり変わらないこともある。

凶暴な魔物たち、そして冒険者の活動だ。

午前中からつがいのジャイアントボアを相手に、五人組の冒険者が戦闘していた。

オリヴィアは久しぶりに【鑑定眼】を発動させて七つの情報を集める。【創作】【編集】【付与】の三つはノルに渡したが、それまでに創ったスキルが数多《あまた》ある。

長く捕らえられていたのでレベルはかなり下がったが、それでも街の誰よりも高い。

『18、24、13、22、19で、猪《いのしし》が34、31ね。総じてクソ雑魚じゃーん！』

本当はすぐにでも狩って食べたいが、横やり入れるのも悪いかと少し遠慮していると、冒険者の方から声をかけてきた。

「あんた一般人か⁉　逃げろっ」

『こう見えて超超超一流の冒険者でーす』

「嘘《うそ》つけ、そんな下着みたいな薄い服着たやついるかっ。こいつら思ったより強い、守ってやれないぞ」

『手こずってるなら倒していい？』

「無理に決まってるだろ。やれるもんならやってみろ」

やけくそ気味に冒険者の一人が叫ぶと、オリヴィアは静かに動き出す。

一瞬で魔物の眼下に入り込み、顎を軽く蹴り上げる。巨体が何メートルも浮いて、地面に落下。即死しているため動くことはない。

残る一体も瞬殺して、仕事完了だ。

「あ、あん、た、何者、だ……？」

『これ一体いる?』

「え? あ、ほしいけど」

『じゃあげるから、残り一体解体して焼いて。ショウユかけて食べてみるから』

冒険者たちは首肯して、すぐに解体に入る。

強者に対する尊敬。同時に畏怖の念。怖くて断るという選択肢がなかった。作業しながら、一番男気がありそうな青年が言う。

「直感でわかる。あんたはSランク冒険者か、いやそれ以上に強い」

『ン』

「そこでお願いがあるんだ。俺たちを弟子にしてくれ! 俺たちは駆け出しで、もっと強くなりたいんだ! ビッグになりてえんだよっ」

ビッグな英雄になりたいと冒険者に憧れる人はいつの時代もいる。その熱く燃えるような想《おも》いは本物だろう。でもオリヴィアは特に心を打たれなかった。

ありふれすぎていた。あと口動かす暇あるなら手を動かせよとも思った。

『ムリ、弟子はもういるしね~』

「第二の弟子で構わないから!」

『ヤダ。ノル君だけでいい』

「そんな……」

『でも今日一日限定で、戦い方を教えてあげてもいいかなー』

「本当かい⁉」

『条件あるけど』

オリヴィアの手足となって、食欲を満たす役割を果たせという内容だ。

五人は喜んでこれに同意した。一流の冒険者から指導を受けられることなど、滅多にないからだ。

やがて、焼いた猪肉ができあがると、オリヴィアはショウユをかけて食べる。

『やっぱ美味しい……けど、砂糖とか入れてもいいかもー。とりあえず、次は魚っしょー！』

その後、オリヴィアは魚を捕まえて食べたり、色んな魔物や猛獣を捕まえては肉を焼いて食した。

約束なので、冒険者たちに戦闘のいろはもいくらか伝えた。どれも超初心者用かつ凡人用だったが、彼らには有用だった。

たった一日で、彼らは大きく成長したといっていいだろう。

夕方には冒険者たちと別れ、オリヴィアは一人で草原の緩い斜面にてぼんやりと夕日を眺める。

『ずっと、見たかった景色なんだよねえ』

風になびく草、視界いっぱいに広がる空、輝きを世界に放ちながら落ちていく夕陽《ゆうひ》。

この世界では当たり前のことで、望まなくとも簡単に手に入るもの。それゆえに誰もが価値を見いださない。

かつてのオリヴィアもそうだった。

けれど捕らえられてから、強く望むようになった。

失って気づくものが多すぎる。失わなければ気づけないものが多すぎる。どうして人はもっと賢くなれないのだろう。どうして自由であった時によく考えなかったのだろう。

解放されてなお、後悔が残る。胸にチクリと何かが刺さる痛覚。

「——ここにいたんですね」

『やっほー、おつかれ～』

隣にノルが座ると、オリヴィアは近寄って頬を軽くひっぱったり、頭を撫《な》でたりして遊ぶ。

「僕で遊ばないでくださいよ」

『ずっと触りたかったんだもーん！』

「仕方ないですね。ちょっとだけですよ」

しばらく弟子いじりを満喫した後、オリヴィアはふいに沈んでいく夕陽に視線を向ける。

『あの日、ノル君がきてくれなかったらオリヴィアはまだあの部屋にいた。永遠に、あそこで過ごしていたかも』

「僕だって師匠に出会ってから人生が大きく変わりました。感謝してるんです」

『その真《ま》っ直《す》ぐな瞳……もうオリヴィアはもてないなぁ』

「もてますよ！　師匠は人生を取り戻したんです。これから、またやりたいこと見つければいいじゃないですか！」
立ち上がってノルが言う。
オリヴィアは、渇いた心に水が与えられていくのを感じていた。
『ありがとー、ノル君。オリヴィア、頑張ってみるね～』
二百年の時を超え、今度こそ大切なものを守れる人生を送ろう――
胸の一番深いところで、オリヴィアはそう誓った。

あとがき

皆様、ご無沙汰しております。四巻から、約一年が経ちました。筆が遅く、すみません。

そして、五巻をお手にとっていただき、ありがとうございます。

先ほど調べてみたところ、隠しダンジョン一巻が発売されたのは、約三年も前のことでした。

幼い頃、周りの大人達から「大人は、時の流れが早いんだぞ！」とよく言われていました。そんなアホな……と当時は鼻で笑っていましたが、今では強烈に共感しております。ダラダラと過ごしていると、いつの間にか人生は終わってしまうようです。などと言いつつ、僕は今日一日、寝っ転がりながらテレビで映画を見ていました。

人生が終わるまで、こんな生活してみたいですなぁ。などと言いつつ、今年は隠しダンジョンの執筆ペースを上げていきます。

去年はちょっと、眼精疲労などがありまして本領発揮できませんでした！（言い訳）

何卒、今年もお付き合い頂けると幸いです！

それでは謝辞を。読者の皆様、編集者の庄司《しょうじ》様、また本の制作に関わった方々、いつもありがとうございます。

最後に、本作はコミックも三巻まで発売中です。こちらも確認していただければ、嬉しいです。

六巻で、またお会いしましょう！

俺だけ入れる隠しダンジョン
Special training in the Secret Dungeon!
～こっそり鍛えて世界最強～
コミックス1~3巻好評発売中!
瀬戸メグル
樋野友行
ニコニコ静画『水曜日のシリウス』にて好評連載中!
http://seiga.nicovideo.jp/manga/official/w_sirius/

Kラノベブックス

俺《おれ》だけ入《はい》れる隠《かく》しダンジョン5
~こっそり鍛《きた》えて世《せ》界《かい》最《さい》強《きょう》~

瀬《せ》戸《と》メグル

2020年2月27日第1刷発行

発行者	森田浩章
発行所	株式会社 講談社 〒112-8001　東京都文京区音羽2-12-21
電　話	出版　(03)5395-3715 販売　(03)5395-3608 業務　(03)5395-3603
デザイン	小久江厚+モンマ蚕(ムシカゴグラフィクス)
本文データ制作	講談社デジタル製作
印刷所	豊国印刷株式会社
製本所	株式会社フォーネット社

ISBN978-4-06-519269-6　N.D.C.913　289p　19cm
定価はカバーに表示してあります

ファンレター、
作品のご感想を
お待ちしています。

あて先　〒112-8001　東京都文京区音羽2-12-21
(株)講談社　ラノベ文庫編集部 気付
「瀬戸メグル先生」係
「竹花ノート先生」係

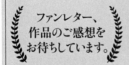